Taxi in den Tod

Ostfrieslandkrimi von Moa Graven

Der neue Fall für Kommissar Guntram

Moa Graven ist Ostfriesin und schreibt seit 2013 Krimis. Erst mit 50 hat sie die Leidenschaft für das subtile Verbrechen entdeckt, als sie einen Fortsetzungskrimi für ein Monatsmagazin schrieb. Seit 2017 lebt die Autorin vom Schreiben und eröffnete ein Krimihaus in Rhauderfehn, wo man sie auch besuchen kann. Mit über 50 Krimis, die sie über 400.000 Mal im Eigenverlag verkaufte, gehört sie zu den erfolgreichsten Krimiautorinnen in Deutschland.

Impressum

Taxi in den Tod

Kommissar Guntram Krimi - Band 13

Ostfrieslandkrimi von Moa Graven

Erschienen im Criminal-kick-Verlag Ostfriesland

Januar 2019

ISBN 978-3-946868-50-7 (Taschenbuchausgabe)

Umschlaggestaltung: David Brink Octocon.cc

Zum Inhalt

Guntram und Katrin haben heimlich geheiratet und sind zusammengezogen. Es ist Januar und der Urlaub zwischen Weihnachten und Neujahr ist vorbei. Endlich, denkt Guntram, denn zuhause fällt ihm langsam die Decke auf den Kopf. Ein neuer Fall lässt auch nicht lange auf sich warten. Eine Autofahrerin entdeckt in einem abgestellten Taxi in einer Haltebucht an der B70 einen toten Mann. Es ist der Taxifahrer. Er wurde augenscheinlich von hinten erwürgt. Das Geld und andere Wertgegenstände sind noch im Wagen. War es eine Beziehungstat?

Ein neues Jahr

Guntram tat das linke Knie weh, als er erwachte. Ich werde alt, dachte er, und verzog das Gesicht, als er sein Bein hin und her drehte. Noch ein paar Jahre, dann wurde er sechzig. Als er sich die Zahl in großen Lettern an der Decke vorstellte, graute es ihn.

Neben ihm lag Katrin und er hörte ihren regelmäßigen Atem. Sie schlief noch. Es war ihr letzter gemeinsamer Urlaubstag. Sie war noch nicht einmal vierzig. Ob sie deshalb immer so aneinandergerieten? War der Altersunterschied am Ende doch zu groß? Katrin war oft wütend auf ihn. Und wenn er sie fragte, warum, dann zuckte sie nur mit den Schultern und meinte, er bilde es sich nur ein. Doch das tat er nicht. Sie war oft ungerecht und fuhr ihn an. Am Anfang, da hatte er noch gedacht, dass es an der großen Belastung durch Sarah läge. Er konnte verstehen, dass eine Frau, die ihren Job liebte, es nur schwer verkraften konnte, wenn sie zwischen Wohnung und Büro hin und her gerissen wurde. Deshalb hatte er ihr ja auch unter die Arme gegriffen und sogar seine Arbeitszeit verkürzt, um sich mehr um Sarah zu kümmern. Doch es schien immer noch nicht genug für Katrin zu sein. Ihr unterschwelliger Groll gegen ihn, er blieb, und jetzt waren sie auch noch verheiratet.

Er hatte es für sie getan. Er liebte sie wirklich. Und er wollte, dass sie abgesichert war mit Sarah, wenn ihm etwas zustieß.

Eine Hand fuhr zu ihm rüber. Katrin wurde wach.

»Guten Morgen«, sagte er zärtlich und rieb über ihren Arm. »Hast du gut geschlafen?«

»Geht so«, murmelte Katrin. »Irgendwie habe ich schlecht geträumt.«

»Soll ich uns Frühstück machen?«

»Oh, das wäre toll.«

Guntram schob ihren Arm sachte zur Seite und quälte sich mit Schmerzen im Knie aus dem Bett.

»Bleib ruhig noch ein bisschen liegen«, sagte er. »Ich glaube, Sarah schläft auch noch.«

»Das wäre ja ein Weltwunder«, sagte Katrin und lachte. »Ich komme auch gleich.«

Whisky, der vor dem Bett der beiden geschlafen hatte, räkelte sich, als Guntram ins Bad ging. Er blieb oft so lange oben, bis auch Katrin aufstand.

Erst unter der warmen Dusche ließen die Schmerzen nach und Guntram fühlte sich wohler. Es ging ihm schon lange im Kopf herum, den Job einfach hinzuschmeißen. Wenn das mit dem Knie wieder auftauchte, dann würde er sich erst einmal krankschreiben lassen, nahm er sich vor. So konnte er Katrin noch mehr entlasten. Sicher würde es ihr gefallen. Doch er wusste, dass er sich da etwas vormachte. Da war irgendetwas anderes, dass sie störte. Schließlich hatten sie für Sarah eine Kinderfrau, die bereit war, alle Stunden, die Katrin im Dienst war, abzudecken. Und sie war jederzeit abrufbar, wenn es weitere Einsätze gab. Mehr konnte man wirklich nicht erwarten. Und selbst wenn er Zuhause geblieben wäre, Katrin hätte vermutlich darauf bestanden, dass die Kinderfrau trotzdem weiter ins Haus kam. Und das war vielleicht der springende Punkt, dachte er und stellte das Wasser ab. Sie vertraute ihm Sarah nicht wirklich gerne an. Zuviel Pizza und eine manchmal wenig kindgerechte Ausdrucksweise, dafür hatte sie ihn schon oft getadelt. Als er sich abrubbelte und dabei in den Spiegel sah, da wusste er, dass es wenig Sinn machen würde, sich noch mehr anzubiedern. Im Gegenteil. Vielleicht ging er Katrin mit seiner übertriebenen Hilfsbereitschaft sogar mittlerweile auf die Nerven. Er stützte sich am Waschbecken ab und zog das linke Bein ein. Das Knie tat nicht mehr weh. Er würde auch nicht zum Arzt gehen und sich krankschreiben lassen. Im Gegenteil, ab sofort würde er sich wieder mehr um sich selber kümmern. Überstunden schieben, und bis Mitternacht in der Dienststelle bleiben und arbeiten. Er würde das tun, was er eigentlich am liebsten machte. Hin und wieder einen Whisky trinken und dabei über den Fall grübeln. Ja, er hatte sich in den letzten Jahren immer mehr selbst aufgegeben. Und er kannte keine Frau, der so ein Mann gefallen würde. Geschweige denn, dass sie ihn erotisch fand. Denn das war auch so ein Punkt zwischen ihnen. Sie schliefen kaum noch miteinander.

»Jochen?« Katrin klopfte an die Tür. »Bist du immer noch im Bad?«

»Moment«, rief er zurück, zog sich schnell seine Unterwäsche und seinen Jogginganzug an und kam nach draußen.

»Ich dachte schon, du wärst unter der Dusche eingeschlafen«, sagte sie und ihre Stimme klang missmutig. Sicher hatte sie mit halbem Ohr darauf gewartet, dass sie endlich ins Bad konnte. Sarah spielte bereits mit ihren Puppen, das hörte man an schrägen Unterhaltungen, die sie immer mit ihnen führte.

Guntram wusste nichts zu erwidern und sah dann, wie die Tür sich hinter Katrin schloss. Er warf noch einen Blick in Sarahs Zimmer. Sie saß auf ihrem Bett und kämmte das Haar von Betty, ihrer Lieblingspuppe.

»Möchtest du heute Pfannkuchen zum Frühstück?«, fragte er liebevoll.

»Oh ja, Pfaaaaaannnnnkuuuuchen«, machte Sarah und drückte Betty an sich.

»Mama ist auch schon im Badezimmer. Spiel ruhig noch ein bisschen, bis sie dich holt.«

Sarah nickte und wandte sich wieder ihren Puppen zu.

Unten in der Küche setzte Guntram als erstes den Kaffee an. Als er dann den Kühlschrank öffnete, sah er, dass die Milch nicht für Pfannkuchen reichen würde. Und er wusste auch, dass es ein Riesendrama geben würde, wenn er sein Versprechen gleich nicht einhielt. Er hörte, wie Katrin oben aus dem Bad kam und ging auf den Flur.

»Katrin«, rief er nach oben, »wir haben keine Milch mehr und ich hab Sarah Pfannkuchen versprochen ...«.

Sie sah zu ihm herunter und rollte mit den Augen. »Muss das denn immer sein, du hättest doch auch vorher nachgucken können.«

»Kein Problem, ich fahr eben schnell mit Whisky los und besorge Milch«, sagte er und wartete keine weitere Antwort von ihr ab.

Der Hund, der bei Erwähnung seines Namens die Ohren gespitzt hatte, spürte die miese Stimmung und kam die Treppe freudig nach unten.

Guntram nahm die Leine vom Haken und stieg in seine Schuhe im Flur. Kurz darauf schlug die Tür hinter ihm zu.

Katrin wusste, dass es ungerecht war, aber sie war auf Guntram sauer. Und jetzt kam Sarah zu ihr ins

Schlafzimmer gelaufen und rief permanent das Wort Pfannkuchen. Warum machte er das immer? Wieso mischte er sich immer in alles ein? Ihr wäre es am liebsten gewesen, Sarah würde den Tag mit ein wenig Obst und frischem Joghurt beginnen. Mittlerweile hatte die Kleine schon leichtes Übergewicht, hatte der Kinderarzt sie vor Kurzem belehrt. Es sei nicht bedenklich, doch es wäre schon besser, wenn man von Anfang an auf eine gesunde Ernährung achte. Pah. Wenn der wüsste. An ihr lag es ganz bestimmt nicht. Sie selber war gertenschlank und wollte eigentlich auch, dass Sarah später nicht mit zu vielen Pfunden zu kämpfen hatte. Wenn die unnötigen Fettzellen erst einmal angelegt waren, dann quälte sich das Mädchen ihr Leben lang mit blödsinnigen Diäten. Sie musste etwas ändern. Doch was sollte sie tun? Guntram nahm sie einfach nicht ernst, wenn sie auf eine gesunde Ernährung hinwies.

Sarah torkelte jetzt die Treppe nach unten und rief nach Whisky. Schnell ging Katrin hinter der Kleinen her, damit sie nicht stürzte.

»Jochen holt noch Milch«, erklärte sie. »Er hat Whisky mitgenommen.«

Sie nahm Sarah auf den Arm und ging mit ihr nach unten in die Küche. Es roch herrlich nach Kaffee. Den konnte sie jetzt wirklich brauchen. Sie setzte Sarah in ihren Hochstuhl und begann, den Tisch zu decken.

Danach schenkte sie sich einen Kaffee ein und Sarah bekam ein Glas O-Saft. Die Tür ging. Guntram war zurück. Whisky kam in die Küche gerannt und leckte an Sarahs Fingern.

»Ich hab mich beeilt«, sagte Guntram und gab Katrin einen flüchtigen Kuss auf die Wange. »Die Pfannkuchen sind gleich fertig, sowas dauert ja nicht lange.«

Irgendwie tat er ihr jetzt leid. Sie sah an seinem Gesicht, dass er wusste, dass er wieder einmal alles falsch gemacht hatte.

»Es tut mir leid«, sagte sie und lehnte sich von hinten an ihn, während er Mehl in eine Schüssel streute. »Ich weiß ja, dass du es gut meinst.«

»Hm ...«, machte er und griff nach der Milch. »Möchtest du auch einen?«

Und obwohl ihr nicht der Sinn nach Pfannkuchen stand, sagte sie: »Ja, gerne. Hoffentlich haben wir noch Erdbeermarmelade.«

»Die ist noch da«, sagte Guntram und seine Stimme klang entspannter.

Kurz darauf roch es herrlich war in der Küche nach geschmolzener Margarine und frischem Teig.

Routine

Die geschmierten Brote und eine Thermoskanne mit Tee standen auf dem Tisch. Seine Frau hatte heute Frühschicht und war schon um fünf aus dem Haus gegangen. Er hatte es ihr schon oft gesagt, dass sie dann nicht auch noch seine Brote schmieren sollte. Doch sie tat es immer wieder.

Simon Schmidt trank seinen Tee und aß ein erstes Marmeladenbrot. Gleich um sieben begann seine Schicht. Seit vier Jahren fuhr er Taxi, nachdem er seinen Job in der Druckerei verloren hatte. Mit Mitte fünfzig noch etwas Neues zu finden, hatte sich als schwer bis unmöglich erwiesen. Als ihm die Decke auf den Kopf zu fallen drohte, hatte er den Taxischein gemacht. Die Nachtschichten fielen ihm am Schwersten. Doch es war klar, dass bei der Personalknappheit die Männer mehr davon übernehmen mussten als die weiblichen Kolleginnen.

In der Zeitung stand der übliche Tratsch, doch er brauchte etwas am Morgen, womit er sich beschäftigen konnte.

Bevor er ging, füllte er das Wasser für den Wellensittich nach. Ihm tat das Tier mittlerweile irgendwie leid, wie es sein Dasein dort im Käfig fristete. Seitdem er arbeitslos gewesen war, hatte er viel Zeit mit Hansi verbracht und ihn öfter in der Wohnung fliegen lassen. Solange, bis seine Frau sich über den Kot, der in den Gardinen hing, aufregte. Jetzt blieb Hansi drin und Simon spielte mit dem Gedanken, das Tier, das sie sich vor zehn Jahren angeschafft hatten, einfach fliegen zu lassen.

Es hatte wieder gefroren und er musste die Scheiben vom Eis befreien, bevor er losfuhr. Es war nicht weit bis zur Zentrale und über Funk hörte er die anderen Kollegen, die bereits seit Stunden unterwegs waren. Er konnte sich gar nicht mehr vorstellen, den ganzen Tag in einer Firma zu verbringen. Das Taxifahren verschaffte ihm auch einen gewissen Freiraum, auf den er schwerlich wieder hätte verzichten können.

Die Rufbereitschaft nickte ihm kurz zu, als er durch die Glastür kam. Simon nahm einen Kaffee mit und fuhr dann zum Taxistand beim Bahnhof. Der nächste Zug würde in fünfzehn Minuten eintreffen. Er erhoffte sich nicht sofort einen Fahrgast, aber so konnte er wenigstens mit den Kollegen plaudern. Einige von ihnen nutzten den Job, um sich das Geld fürs Studium zu finanzieren. Andere kämpften damit ums nackte Überleben für ihre Familien.

Simon und seine Frau lebten alleine und ja, sie hätten von ihrem Geld, das sie als Krankenschwester verdiente mitsamt seinem Arbeitslosengeld durchaus über die Runden kommen können. Doch es hätte ihm etwas gefehlt.

Er brauchte den Kontakt zu anderen. Und manchmal, da spendierten ihm die Fahrgäste ein üppiges Trinkgeld, wenn sie nicht gerade aus Leer kamen.

Da es Januar und ziemlich kalt war, blieb Simon im Wagen sitzen und studierte die Bild-Zeitung, die er sich vom Kiosk geholt hatte. Eigentlich mochte er diese schrillen Nachrichten nicht. Er mochte sowieso vieles nicht, was jetzt sein Leben bestimmte. Manchmal fragte er sich, ob die Freiheit, die er jetzt beim Taxifahren genoss, das frühere gewohnte Leben mit den Kollegen, dem Urlaub und den geregelten Arbeitszeiten in der Druckerei es wirklich wert war. Menschen belogen sich eben gerne selbst, dachte er dann.

Die Beifahrertür wurde aufgemacht und eine junge Frau steckte ihren Kopf herein.

»Sind Sie frei?«

Simon nickte und faltete die Zeitung zusammen. Er stieg aus dem Wagen und hievte zwei schwere Koffer hinten rein.

Die junge Frau, die zu einem Ferienhaus in Rhauderfehn gebracht werden wollte, setzte sich auf den Beifahrersitz und erzählte ihm, dass sie für eine Lesung nach Ostfriesland gekommen sei. Simon, der nicht über seine Zeitungen am Morgen hinauskam, hörte nur mit halbem Ohr hin.

Als sie ihm später fünf Euro Trinkgeld in die Hand drückte, bekam er ein schlechtes Gewissen deshalb.

Endlich wieder im Dienst

Es stand noch alles an seinem Platz, als Guntram am nächsten Tag ins Büro kam. Er atmete den Geruch der alten Möbel ein und fühlte sich zuhause.

Mathias Sanders hatte jetzt frei und auf dem Schreibtisch lag eine Notiz, dass eigentlich alles ruhig sei.

Guntram hatte den Sinn des Wortes „eigentlich" noch nie verstanden. Entweder es war ruhig, oder eben nicht. Eigentlich konnte alles bedeuten. Er knüllte das Papier zusammen und ließ es in den Papierkorb wandern.

In seinem Mailpostfach stapelten sich die Nachrichten aus Osnabrück, die ihn darüber informierten, was es an Neuerungen gab, die er sowieso nicht beachten würde. Er löschte alles und holte sich dann einen Kaffee aus dem Automaten.

Er musste an Tina denken. Sie war jetzt sicher gerade auf dem Weg zur Physiotherapie. Sie wohnte immer noch bei Frau Haubrich, allerdings hatte die alte Dame ihr ein Zimmer im Erdgeschoss zur Verfügung gestellt, weil es für Tina sehr schwierig geworden wäre, mit Krücken in den ersten Stock, wo ihre Wohnung eigentlich lag, hinaufzugelangen. Guntram wusste, dass sie es auch tat, weil sie nicht alleine im Haus sein wollte. Sie verwöhnte Tina und sorgte sich um sie. Dafür konnte er wirklich dankbar sein. Er hätte es sich schwer vorstellen können, dass Tina bei ihm und Katrin wohnte. Seine Tochter hatte auch nie etwas in der Richtung erwähnt. Sie wollte ihr eigenes Leben leben, was jetzt, da sie nicht mehr arbeiten konnte, schon kompliziert genug war.

Auf dem Weg zurück ins Büro hörte er sein Telefon klingeln. In schnellen Schritten war er am Schreibtisch und nahm ab.

»Ja.«

»Es gibt da eine Sache in Breinermoor«, erwiderte der Kollege aus der Zentrale. »Eine Frau hat ein Taxi mit einem leblos wirkenden Mann entdeckt.«

»Tatsächlich? Dann fahr ich mal hin.«

»Der Wagen steht an der Bushaltestelle direkt bei der Einfahrt zur Mülldeponie.«

»Alles klar. Ich weiß, wo das ist.«

Guntram legte auf und stürzte den Kaffee herunter. Dann machte er sich auf den Weg.

Die Fahrt aus Leer heraus erwies sich als anstrengend. Eine lange Schlange hatte sich auf der Brücke Richtung Multi Süd gebildet, die immer noch einspurig war. Nach einer gefühlten Ewigkeit passierte er dann endlich die Ledabrücke und konnte Gas geben. Aber auch nur bis zur Ampel, die gerade auf Rot sprang. Heute war wirklich nicht sein Tag.

Zunächst sah er dann einen roten geparkten Wagen und schließlich auch das Taxischild. Als er seinen Wagen parkte, konnte er erkennen, dass das Licht brannte. Eine Frau stieg aus dem roten Wagen.

»Sind Sie von der Polizei?«, fragte sie unsicher und Guntram nickte.

»Kripo Leer. Sie haben bei uns angerufen?«

Sie nickte. »Ich glaube, da ist etwas passiert.«

»Wieso haben Sie keinen Krankenwagen gerufen?«

»Ich weiß nicht ...«.

Gemeinsam gingen sie zu dem Taxi. Ein älterer Mann saß am Steuer, den Kopf nach vorne gebeugt. Guntram klopfte gegen die Scheibe, weil der Wagen verschlossen war.

»Hallo! Hören Sie mich?«

Der Mann bewegte sich nicht. Dass die Scheiben von innen nicht beschlagen waren, ließ ihn ahnen, dass der Mann längst tot war. Von der Dienststelle aus war ein Krankenwagen gerufen worden und musste gleich eintreffen. Zur Sicherheit alarmierte Guntram auch die Feuerwehr, damit man den Mann aus dem verschlossenen Wagen herausholen konnte.

Seitdem die Frau angerufen hatte, war mindestens eine halbe Stunde vergangen. Womöglich war der Mann in dieser Zeit gestorben. Sicher war das natürlich nicht.

Instinktiv wusste Guntram allerdings, dass er schon viel länger tot war. Er wirkte steif.

»Sie sind also aus Leer gekommen?«, fragte er jetzt an die Frau gerichtet.

»Ja, das stimmt«, erwiderte sie und stellte sich als Beate Frey vor.

»Ich verstehe nicht ganz, warum Sie bei dem Taxi hier gehalten sind«, sagte er. Denn eigentlich hätte sie doch einfach weiterfahren können.

»Na ja«, sagte sie, »ich bin ja heute Morgen von Papenburg nach Leer gefahren und da stand er auch schon da.«

»Ach ja? Wann war das genau?«

»Gegen kurz vor acht, würde ich sagen.«

»Und da stand das Taxi bereits hier?«

Sie nickte. »Aber da hab ich mir natürlich noch nichts dabei gedacht. Die machen ja auch mal Pause unterwegs oder vielleicht hat er auch telefoniert.«

»Verstehe. Und deshalb sind Sie weitergefahren. Was haben Sie in Leer gemacht?«

»Ich hatte einen Arzttermin. Genauer gesagt beim Augenarzt. Es hat heute ziemlich lange gedauert, die Praxis war voll.«

Sicher fragte sie sich, ob der Mann noch leben könnte, wenn sie eher wieder zurückgefahren wäre. Doch das war Spekulation, auf die Guntram nicht weiter eingehen wollte.

»Als der Wagen also immer noch hier stand, da sind Sie sofort rangefahren?«

»Ja.«

Das fand Guntram ungewöhnlich. Die meisten fuhren doch einfach weiter, selbst, wenn ihnen etwas merkwürdig erschien. Oder gerade dann erst recht.

»Das war richtig«, sagte er. »Nicht jeder handelt heutzutage so.«

»Mein Vater fährt auch Taxi«, sagte sie, »vielleicht deshalb.«

»Mag sein.«

Sie hörten, dass sich ein Krankenwagen näherte. Den Lärm können die sich sparen, dachte Guntram.

Er ging auf die Sanitäter zu, als diese aus dem Wagen stiegen. Beate Frey hatte sich wieder in ihren Wagen gesetzt, weil es ihr kalt geworden war.

»Da wird nichts mehr zu machen sein«, sagte Guntram. »Außerdem ist der Wagen zu. Ich habe die Feuerwehr angerufen, damit die den Wagen aufmachen. Der Notarzt dürfte auch gleich hier sein. Am besten, ich sag auch Piepwitz Bescheid und die Kollegen müssen die Straße sperren, das nützt nichts.«

Es hatte sich bereits ein Stau gebildet, weil nun plötzlich alle wissen wollten, was es mit dem Taxi auf sich hatte.

Eine Stunde später ging nichts mehr auf der B70. Der Verkehr war auf eine Spur gelenkt worden, den die Kollegen von der Verkehrspolizei mühsam im Griff zu halten versuchten, weil es kaum einer einsah, dass es nicht weiterging.

Der Tote, der durch seine Zulassung als Simon Schmidt identifiziert worden war, wurde in einen schwarzen Sack und dann in den Zinksarg gelegt.

Ein Sanitäter kümmerte sich um Beate Frey, die offensichtlich einen Schock erlitten hatte, als sich herausstellte, dass sie am Morgen einen Toten gesehen hatte. Oder auch nicht. Vielleicht hätte sie sein Leben retten können, wenn sie sofort reagiert hätte.

Guntram lehnte an seinem Wagen und unterhielt sich mit Piepwitz.

»Wahrscheinlich erdrosselt«, sagte der Gerichtsmediziner, »aber sicher weiß ich das erst, wenn ich ihn Oldenburg untersucht habe.«

»Würgemale am Hals?«, fragte Guntram.

»Ja.«

»Dann kann man wohl davon ausgehen. Während der Fahrt?«

»Keine Ahnung, aber eher unwahrscheinlich. Dann hätte er da nicht so ordnungsgemäß geparkt.«

»Stimmt sicher.«

»Und sonst? Den Jahreswechsel gut überstanden?«

»Geht so«, sagte Guntram und kratzte sich am Kinn. »Wir waren bei einem Kollegen eingeladen, zu Weihnachten, meine ich. Echt schräge Sache.«

»Wieso schräg?«, fragte Piepwitz interessiert.

»Ach, lange Geschichte. Ein Anti-Weihnachtsfest bei Jan Krömer in Aurich. Bei dem wurde dann Heiligabend eine Leiche entdeckt.«

»Tatsächlich. Davon hab ich noch gar nichts gehört.«

»Du warst ja auch auf Mallorca.«

Beide mussten lachen.

Dann fuhr der Leichenwagen ab und die Stimmung änderte sich wieder.

»Ich denke, ich fahr jetzt mal bei der Adresse des Opfers vorbei«, sagte Guntram.

»Mach das«, entgegnete Piepwitz. »Ich schicke dir den Bericht dann wie immer per Mail.«

»Oder ruf an«, sagte Guntram, »manchmal ist es auch schön, wenn man noch direkt miteinander spricht.«

»Du wirst alt«, sagte Piepwitz und klopfte Guntram auf die Schulter, bevor er zu seinem Wagen ging.

Guntram lief zum Krankenwagen.

»Geht es Frau Frey wieder besser?«, fragte er den Sanitäter.

Dieser nickte. »Ich denke, sie kann gleich selber nach Hause fahren.«

Guntram sah in den Krankenwagen, wo sich Beate Frey gerade schnäuzte.

»Sind Sie sicher, dass Sie wieder fahren können?«, fragte er.

Beate Frey nickte. »Meine Tochter kommt doch gleich von der Schule.«

Das war es also.

»Ich bräuchte noch Ihre persönlichen Angaben, falls ich noch Fragen habe«, sagte Guntram, »und für eine Aussage werden Sie noch auf die Dienststelle in Leer vorbeikommen müssen.«

»Das mache ich, Herr Kommissar«, sagte sie und stieg aus dem Wagen, während der Sanitäter ihren Arm nahm.

»Machen Sie sich bitte keine Vorwürfe«, sagte Guntram, »es ist nicht Ihre Schuld, dass er nicht früher entdeckt wurde. Alle anderen sind vorbeigefahren. Außer Ihnen. Sie haben alles richtig gemacht.«

»Meinen Sie?«

»Ja. Und es ist noch offen, wann der Mann gestorben ist.« Er vermied es, gleich wieder von Mord zu sprechen.

Sie hatte es schon schwer genug mit ihren Selbstvorwürfen.

»Na gut. Dann fahre ich jetzt.«

Guntram begleitete Beate Frey zu ihrem Wagen und ging dann wieder zum Taxi zurück. Dort nahmen Kollegen alle Spuren darin und in der näheren Umgebung auf, bevor der Wagen in die Kriminaltechnik gebracht wurde.

Guntram fragte sich, warum der Täter den Wagen verschlossen und dann den Schlüssel mitgenommen hatte. Aber vielleicht hatte er ihn auch weggeworfen. Doch die Frage blieb, warum er abgeschlossen hatte.

Die Schmidts

Das Haus der Schmidts lag an einer vielbefahrenen Straße in Heisfelde und Guntram hatte Schwierigkeiten, seinen Wagen zu parken.

Als er kurz darauf an der Tür klingelte, machte niemand auf. Er ging wieder ein paar Schritte zurück. Nirgendwo im Haus brannte Licht. Womöglich hatte Simon Schmidt hier alleine gelebt. Er war in einem Alter, wo die Kinder aus dem Haus waren und manchmal auch die Frau.

»Da ist niemand zuhause«, hörte er plötzlich eine weibliche Stimme durch die Kirschlorbeerhecke sagen.

»Ach ja?«, sagte Guntram und ging zur Pforte zurück und um die Hecke herum. Vor ihm stand eine Frau mit langem Wollmantel und Mütze auf. »Kennen Sie die Leute, die da wohnen?« Er zeigte auf den roten Klinkerbau.

»Sicher. Es sind doch meine Nachbarn«, sagte sie. »Simon fährt Taxi, wahrscheinlich ist er jetzt unterwegs. Und Regina arbeitet in Emden im Krankenhaus. Die kommt meistens erst nachmittags nach Hause, wenn sie Frühschicht hat.«

Guntram sah auf seine Uhr. Gleich war es eins.

»Was wollen Sie denn von den Schmidts? Sie sehen nicht wie einer von der EWE aus.«

»Stimmt«, sagte Guntram und stellte sich vor.

»Polizei? Ist denn etwas passiert?«

»Dazu kann ich im Moment noch nichts sagen. Ich müsste allerdings mit Frau Schmidt sprechen.«

»Also Simon«, flüsterte sie und ihr Blick wanderte zu ihrem Haus.

Erst jetzt sah Guntram den Kinderwagen, der vor der Tür stand.

»Mein erstes Enkelkind«, erklärte die Frau mit Stolz in der Stimme. »Sabrina.«

»Das ist schön«, sagte Guntram, dem andere Informationen lieber gewesen wären. »Sie meinen also, dass Frau Schmidt erst heute Nachmittag wieder zu erreichen ist?«

»Sie hat Frühschicht, also ja.«

»Gut«, sagte Guntram, »dann komme ich später wieder. Haben Sie gesehen, wie Herr Schmidt heute morgen aus dem Haus gegangen ist?«

Sie schüttelte mit dem Kopf.

»Vielen Dank«, sagte Guntram und ging zu seinem Wagen.

Er hätte jetzt Katrin anrufen müssen. Er hätte in die Dienststelle fahren können, und da auf sie warten. Oder in Emden anrufen. Er hätte vieles tun können, doch er lenkte den Wagen Richtung Neermoor, um auf die Autobahn

Richtung Emden zu fahren. Er wollte direkt mit Regina Schmidt über den Tod ihres Mannes reden und ihr dabei in die Augen sehen.

Regina Schmidt sah nun zum fünften Mal vergeblich auf ihr Handy. Sie hatte versucht, bei Simon anzurufen, weil sie ihn bitten wollte, noch etwas einzukaufen für das Abendessen. Sie selber würde wohl nicht dazu kommen, weil man sie gebeten hatte, noch eine Stunde länger zu bleiben. Ausnahmsweise, hatte man gesagt. Doch diese Ausnahmen häuften sich immer öfter, weil viele Kollegen wegen Erschöpfung ausfielen und krank waren. Regina wusste nicht, wie lange sie die Arbeit im Krankenhaus noch ertrug. Sie war mit Anfang fünfzig zwar nicht die älteste Kollegin, doch sie spürte immer mehr, dass sie keine Kraft mehr hatte. Simon hatte sich bisher nicht zurückgemeldet und das war eigentlich ungewöhnlich. Deshalb machte sie sich jetzt auch Sorgen.

»Da will dich jemand sprechen«, sagte ihre Kollegin, die ihr auf dem Flur nachgegangen war.

Regina drehte sich um. »Mich?«

Die Kollegin nickte. »Er wartet am Empfang auf dich. Ein gewisser Herr Guntram.«

Der Name sagte Regina nichts. Doch sie ahnte, dass es etwas mit Simon zu tun haben musste.

Dann wusste sie sofort, dass der große kräftige Mann, der dort die Anzeigentafel studierte, von der Polizei sein musste.

»Sie wollen mich sprechen?«, fragte Regina unsicher und Guntram drehte sich um.

»Regina Schmidt?«

Sie nickte.

»Jochen Guntram, Polizei Leer. Können wir uns irgendwo ungestört unterhalten?«

»Polizei«, sagte Regina und war einer Ohnmacht nahe. »Ist was mit Simon?«

»Kommen Sie«, entgegnete Guntram und zog sie mit sich zu einer Sitzgruppe in der großen Halle, in der zurzeit nicht viel los war. »Es tut mir leid, Ihnen das sagen zu müssen«, fuhr er dann fort, »aber ich fürchte, Ihr Mann Simon ist das Opfer eines Verbrechens geworden.«

»Nein«, rief Regina aus und fasste sich ans Herz.

»Sie wohnen doch in der Heisfelder Straße und Ihr Mann fährt Taxi«, fuhr Guntram fort.

Sie nickte stumm, während sich ihre Augen mit Tränen füllten. »Ich hab mir schon sowas gedacht«, flüsterte sie, »er hat mich nicht zurückgerufen.«

Er gab ihr einen Augenblick Zeit, die schlimme Nachricht zu verdauen und sah sich um. In einer Klinik roch es für ihn immer nach Tod, er konnte nichts dagegen tun. Unweigerlich kamen ihm die letzten Tage von Siglinde in den Sinn. Vielleicht hing es damit zusammen.

»Was ist denn passiert?«, fragte Regina jetzt gefasster.

»Genau wissen wir es noch nicht«, sagte er, »man hat ihn leblos in seinem Taxi gefunden.«

»In seinem Taxi? Hatte er einen Herzinfarkt?« Es schien, als sei diese Art von Tod für Regina Schmidt noch akzeptabel.

»Wir gehen ehrlich gesagt von einem Verbrechen aus«, antwortete er. »Es tut mir sehr leid. Denken Sie, dass Sie in der Lage sind, Ihren Mann zu identifizieren?«

Sie nickte.

»Haben Sie jemanden, der sich jetzt um Sie kümmern könnte?«

Sie sah mit roten Augen zu ihm auf. »Meine Nachbarin«, sagte sie leise. »Wir verstehen uns ganz gut mit ihr.«

»Wenn es Ihnen recht ist, würde ich Sie aber trotzdem gerne in meinem Wagen mitnehmen«, sagte Guntram. »Um Ihren Wagen kümmern wir uns dann schon, dass er wieder nach Leer kommt.«

»Danke«, sagte sie, »ich muss dann noch meine Tasche holen.«

Guntram ging vor die Tür, während er auf sie wartete. Er war noch nie intensiver Raucher gewesen, doch jetzt hätte er sich gerne eine angesteckt. Es fiel ihm mit den Jahren immer schwerer, den Hinterbliebenen die schreckliche und vor allem endgültige Nachricht über das Ableben eines geliebten Menschen zu überbringen. Manchmal, wenn er nicht schlafen konnte, dann malte er sich aus, wie es wäre, wenn jemand Katrin darüber informierte, dass er im Dienst erschossen worden war. Auch das war wohl mit ein Grund gewesen, warum er sie geheiratet hatte. Wenn es ihn erwischte, dann würde sie seine Pension bekommen. Dann hätte er wenigstens nicht umsonst die ganzen Jahre gearbeitet.

In der Dienststelle

Katrin war schon da, als Guntram wieder in der Dienststelle eintraf.

»Wir haben einen Mord?«, fragte sie tonlos.

Er nickte. »Ja, es hat einen Taxifahrer erwischt. Ich habe eben mit der Witwe in Emden gesprochen und sie anschließend nach Hause gefahren.«

»Wieso hast du mich nicht angerufen?«

Es war klar, dass diese Frage kommen würde. Guntram stöhnte auf.

»Katrin, was hätte das denn für einen Unterschied gemacht?«

»Bitte!« Er hörte, dass sie kurz vorm Explodieren war.

»Sicher, ich weiß, dass du dir auch gerne den Tatort angesehen hättest, es tut mir leid.«

Sie stampfte mit dem Fuß auf und verließ das Büro.

Ach herrje, dachte Guntram, das konnte ja wieder ein heiterer Abend werden. Er hatte keine Lust, hinter ihr herzulaufen. Sie würde sich schon wieder beruhigen und zurückkommen. Die Zeit bis dahin wollte er nutzen, um seine Gedanken zu sammeln. Er setzte sich an seinen PC und schrieb eine kurze Zusammenfassung der Ereignisse vom Vormittag.

Er hatte nicht gehört, dass Katrin zurückgekehrt war und plötzlich stand ein Kaffeebecher neben seiner Tastatur.

Er sah zu ihr auf. »Danke.«

»Weißt du, was mich wundert«, sagte Katrin und setzte sich auf die Schreibtischkante.

»Nein.«

»Dass du immer noch keine Lesebrille trägst.«

Guntram zog die Stirn kraus. »Darüber habe ich noch nie nachgedacht.«

»Es ist sicher ein Phänomen.«

»Kann sein. Worauf willst du hinaus?« Er nahm den Kaffeebecher in die Hand und sah sie an.

»Ach, eigentlich ist es mir nur gerade aufgefallen, als ich reinkam und dich am Bildschirm sitzen sah. Und ja, es war nicht in Ordnung, dass du mich nicht angerufen hast. Dabei bleibe ich. Aber es tut mir leid, dass ich so ausgeflippt bin.«

»Entschuldigung akzeptiert«, sagte Guntram und setzte sich lockerer hin. »Ich kann dir gleich den Bericht, den ich gerade geschrieben habe, ausdrucken.«

»Okay. Aber du kannst es mir auch gerne erzählen.«

Katrin setzte sich auf einen freien Stuhl vor seinem Schreibtisch und lehnte sich auf ihre Arme. In diesem

Moment, wo sie ihn ansah, wie er es liebte, da hätte er sie am liebsten geküsst. Und vielleicht auch noch viel mehr.

Er beschränkte sich aber darauf, ihr die Fakten vorzutragen.

»Klingt irgendwie unheimlich«, sagte Katrin, als er geendet hatte. »Er muss stundenlang tot in seinem Wagen gesessen haben und alle sind vorbeigefahren.«

»Tja, so ist das wohl heutzutage«, erwiderte Guntram, »die Menschen interessieren sich nicht mehr füreinander.«

»Meinst du wirklich?«

»Wärst du angehalten?«

Katrin dachte ernsthaft darüber nach. »Nein, eigentlich nicht«, sagte sie ehrlich. »Ich hätte es wie diese Zeugin gemacht. Auf dem Rückweg, ja, da hätte ich gehalten. Aber eigentlich ist das auch logisch, weil es ja wirklich hätte sein können, dass er nur eine Pause macht.«

»Stimmt. Wir können nicht davon ausgehen, dass alle, die vorbeigekommen sind, zweimal die Strecke fuhren. Insofern ...«.

»Eben. Ein paar vielleicht, die sich keine Gedanken oder die Mühe gemacht haben.«

»Ja. Doch letztlich hilft uns das nicht viel weiter. Wir wissen durch die Zeugin, in welchem Zeitraum er dort gestanden hat. Aber wir wissen nicht, ab wann genau.«

»Wir sollten einen Aufruf in der Zeitung starten, dass sich Zeugen melden sollen. So bekommen wir sicher weitere Informationen.«

»Kümmerst du dich drum?«

Sie nickte.

»Der Bericht von Piepwitz kommt sicher erst morgen«, meinte Guntram.

»Du sagtest doch, das Opfer sei erwürgt worden.«

»Mit großer Wahrscheinlichkeit, hat Piepwitz gesagt.«

»Okay. Dann müssen wir das abwarten. Und die Kasse war nicht geklaut worden. Und seine Papiere und sein privates Portemonnaie waren noch da. Also ging es nicht um einen Raubüberfall.«

»Nein, wohl eher nicht«, antwortete Guntram. »Es sieht verdammt nach einem persönlichen Motiv aus.«

»Die Ehefrau kann man wohl ausschließen«, meinte Katrin, »sie war zu der Zeit in der Klinik in Emden, das hast du doch sicher schon überprüft.«

Er nickte. »Ja, es gibt Zeugen. Sie hat die Klinik nach Antritt ihrer Frühschicht wohl nicht mehr verlassen.«

»Eine Geliebte?«

»Hm ... kann man nicht wissen. Aber glaubst du wirklich, dass so eine Frau, die vielleicht mehr will von einem Mann, ihn ausgerechnet auf einem Busparkplatz in aller Öffentlichkeit erwürgt?«

Katrin schüttelte mit dem Kopf. »Eigentlich nicht. Er hätte sich auch gewehrt. Es sei denn ...«.

»Was?«

»Sie hat hinter ihm gesessen und er ist von ihrem Angriff überrascht worden.«

Guntram kaute auf seinem Kugelschreiber herum und nickte. »Könnte sein. Aber was hat sie da hinten gemacht? Wenn es seine Freundin war, dann hätte sie doch vorne gesessen.«

»Wer weiß, vielleicht wollten die beiden auf dem Rücksitz intim werden. Deshalb hat er geparkt und sie ging schon mal nach hinten. Er wäre ihr dann gefolgt.«

»Ein Blowjob an der B70?«

Katrin zog eine Schnute. »Stimmt, ziemlich unwahrscheinlich. Es sei denn, sie ist eine Exhibitionistin.«

»Dann dürfte sie leicht zu finden sein, wenn sie demnächst nackt durch die Innenstadt rennt.«

»Haha.«

»Schon okay. Es sind ja nur Gedankenspiele. Aber wer käme noch in Betracht?«

»Ein Arbeitskollege vielleicht. Jemand, der neidisch war. Oder gekränkt«, meinte Katrin.

»Vielleicht hatte Schmidt auch ein Verhältnis mit der Frau eines Kollegen«, warf Guntram ein.

»Könnte sein. Dieser hat sich dann den Schmidt vorgeknöpft.«

»Es gibt einiges für uns zu tun«, raunte Guntram, »und jetzt hab ich Hunger.«

Katrin lachte. »Typisch. Wir könnten kurz nach Hause fahren und mit Sarah und dem Kindermädchen essen. Es gibt heute Möhreneintopf.«

Guntram verzog das Gesicht.

»Verstehe. Wie wäre es mit dem Chinesen um die Ecke?«

»Klingt schon besser«, sagte er beide machten sich zu Fuß auf den Weg.

Auf Höhe der Postfiale griff Guntram nach Katrins Hand. Sie drückte sich kurz an ihn. Ein schönes Gefühl, auf das er nicht würde verzichten wollen, dachte er. Es störte ihn auch nicht, dass es plötzlich anfing zu nieseln. Er lief hier mit seiner Frau an der Hand durch die Innenstadt. Katrin. Seine langjährige Kollegin, die er eigentlich von Anfang an geliebt hatte, auch wenn er es erst später bemerkte. Damals, da war er auch verheiratet gewesen und schon alleine deshalb verbot es sich, etwas mit einer wesentlich jüngeren Kollegin anzufangen. Es war so viel passiert in der Zwischenzeit. Und jetzt war Katrin an seiner Seite. Sie gehörte zu ihm. Er würde alles dafür tun, damit das auch so bliebe.

Chaos im Kopf

Eigentlich haben sie doch selber schuld. Warum tun sie nicht, was ich sage? Immer diese Widerworte. Da würde doch bei jedem der Geduldsfaden reißen? Aber immer, wenn ich es dann getan habe, dann geht es mir besser. Ich weiß nicht, warum es so ist. Aber irgendwann, da war es so. Beim ersten Mal, da habe ich hinterher noch gedacht, dass es vielleicht nicht richtig war. Aber das ist lange her.

Niemand weiß, was ich tue, wenn das Chaos in meinem Kopf ausbricht. Eigentlich finde ich es schade, dass ich es niemandem erzählen kann außer ihm. Ja, manchmal, da bin ich wirklich stolz auf mich. Ich tue etwas gegen meine schlechten Gefühle. Viele Menschen quälen sich ein Leben lang damit herum. So wie ich damals. Es hatte weh getan. Die Hand, die sich plötzlich nicht mehr bewegte. Die Finger, sie waren eiskalt. Daran war nur er schuld. Ich habe es ihm gesagt. Er hat nur gelacht.

Viele haben mich mitleidig angesehen. Das konnte ich nicht verstehen, denn meine Schuld war es doch nicht. Nun ja, vielleicht haben es einige gedacht. Im Stillen und für sich. Sie wussten es eben nicht besser, dass nur er daran schuld war.

Ich gehe jetzt in die Küche und koche mir erst mal einen schönen heißen Tee. Es ist kalt draußen. Hinten im

Haus, da sind die Scheiben vor Kälte beschlagen. Ich kann es mir nicht leisten, so viel zu heizen. Und da hinten, da steht doch auch nur die Waschmaschine, die ich sowieso kaum noch benutze. Das meiste, was ich trage, das wasche ich mit der Hand im Waschbecken im Badezimmer. Es ist praktisch, denn da stört mich niemand. Hinterher hänge ich es in der Küche über den Stuhl zum Trocknen.

Am liebsten sitze ich sowieso in der Küche und sehe aus dem Fenster. Dann werde ich ruhig. Und heute ganz besonders. Es war ein schöner Morgen und ich möchte noch lange in dem Gefühl baden. Doch plötzlich, da zuckt es um meine Mundwinkel herum. Ich höre Stimmen. Sie sind nicht von mir. Sie kommen aber trotzdem aus mir heraus. Und ich kann nichts dagegen tun.

Alleine im Haus

Regina hörte sich atmen. Der Polizist war noch kurz mit zu ihr ins Haus gekommen und hatte sich die Sachen von Simon angesehen. Es hatte nicht lange gedauert und er wollte noch einmal wiederkommen.

Jetzt war Regina alleine im Haus. Das war sie eigentlich oft. Doch dieses Mal, da war es anders. Simon. Er würde nie wieder zurückkommen. Etwas zog sich in ihrer Brust zusammen und sie verkrampfte sich. Sie hätte schreien wollen, doch sie brachte keinen Ton heraus. Ihr Mund stand weit offen vor Schmerz. Simon war tot. Sie musste es sich immer wieder sagen, um es überhaupt zu verstehen. Am Morgen, da hatte sie doch noch seine Brote geschmiert und den Tee für ihn gekocht. Und jetzt würde er nie wieder zu ihr zurückkommen.

Was hatte der Polizist gesagt? Sie musste Simon identifizieren. Er würde später noch einmal bei ihr vorbeikommen, hatte er gesagt. Regina wusste nicht, ob sie den Anblick ihres toten Ehemannes überleben würde. Musste man das denn tun? Sie hatte nicht gewagt, den Polizisten danach zu fragen. Instinktiv war es ihr ohnehin klar gewesen, dass es sich nicht gehörte, diese Aufgabe in Frage zu stellen. Irgendjemand musste sich ja um Simon kümmern. Und schließlich war er ihr Mann gewesen.

Sie zog nicht einmal ihre Jacke aus, bevor sie sich an den Küchentisch setzte. Es war ihr kalt. So kalt ums Herz. Auf seinem Platz lag noch die Zeitung, die er am Morgen gelesen hatte. Wie sollte es bloß ohne ihn weitergehen?

Ein Verbrechen, hatte der Polizist gesagt. Mehr nicht. Bisher wusste Regina nicht, was man Simon angetan hatte. Und vielleicht war es auch besser so. Sie würde es sich dann immer vorstellen müssen, wenn sie es wusste. Ob er gelitten hatte, als er starb? Sie musste sich jetzt um so vieles kümmern. Sein Arbeitgeber musste Bescheid bekommen. Und dann die Beerdigung. Die entfernten Verwandten, sie musste sie anrufen. Es schwirrte in ihrem Kopf.

Dann klopfte es an der Vordertür. Regina schrak auf. Im ersten Moment hatte sie an Simon gedacht, der seinen Schlüssel vergessen hatte. Aber er konnte es ja nicht sein. Es klopfte wieder.

Regina kam mühsam vom Stuhl hoch und schleppte sich zur Tür.

»Alles in Ordnung?« Das war ihre Nachbarin Brunhilde.

Auf der einen Seite freute sich Regina, ihr vertrautes Gesicht zu sehen. Auf der anderen Seite wusste sie nichts zu sagen.

»Es tut mir so leid«, fuhr Brunhilde fort und legte eine Hand auf Reginas Arm.

Woher weiß sie es?, fragte sich Regina und sagte leise: »Danke. Willst du reinkommen?«

»Sicher«, sagte Brunhilde und drückte sie sanft vor sich her in die Küche. »Ich mache uns mal einen Tee.«

»Woher weißt du ...?«, brachte Regina heraus.

»Der Polizist«, sagte Brunhilde und hantierte mit Teetassen herum. »Ich habe mit ihm gesprochen, bevor er zu dir nach Emden gefahren ist. Da habe ich schon sowas geahnt. Und als er dich hier wieder abgesetzt hat, da habe ich ihn gefragt, was los ist. Mein Gott, man will doch wissen, wenn man helfen kann.«

»Danke«, sagte Regina und nahm Brunhilde, die gerade Wasser auf den Tee goss, nur noch durch einen Schleier aus Tränen wahr.

Brunhilde setzte sich zu ihr. »Wenn ich etwas für dich tun kann, dann bin ich für dich da.«

»Das ist sehr nett von dir«, antwortete Regina, die jetzt doch froh war, nicht alleine zu sein. »Ich muss Simon noch identifizieren.«

»Ach Gott, ist das denn wirklich nötig, dass man dich so quält?«

»Einer muss es ja machen. Und Simon, er hatte hier doch nur mich.«

Brunhilde nahm Reginas Hand in ihre. Das irritierte Regina. Natürlich, sie und Brunhilde, sie kannten sich schon viele Jahre. Aber zu solchen Vertraulichkeiten war es zwischen ihnen bisher nicht gekommen. Es lag wohl an der Situation. Das grausam Unaussprechliche, das mit Simon geschehen war.

Sie tranken schweigend ihren Tee.

Hin und wieder nahm Brunhilde das Gespräch wieder auf, indem sie von Dingen erzählte, die Regina im Moment nicht erreichten. Doch es tat gut, dass eine Stimme im Haus war, damit sie ihren eigenen Atem nicht mehr hörte.

Guntram

Katrin war nach dem Essen noch mit in die Dienststelle gegangen und sie hatten sich die Fotos vom Tatort, die mittlerweile eingegangen waren, angesehen. Es war ein Verbrechen, ohne böse zu wirken, hatte sie gemeint.

Guntram dachte jetzt, wo er alleine dasaß, nachdem sie nach Hause gefahren war, über die Formulierung nach. Ein Verbrechen, das nicht böse wirkte. Sie war darauf gekommen, weil der Mann hinterm Steuer wirkte, als sei er nur eingenickt. Und auch, weil nichts gestohlen oder zerstört worden war. Simon Schmidt war einfach nur tot. Es schien dem Täter einzig und alleine darum gegangen zu sein. Und sein Tod war ebenso nicht böse wirkend herbeigeführt worden. Kein Blut, keine weiteren Verletzungen. Er hatte einfach, nachdem man ihm etwas um den Hals gelegt und zugedrückt hatte, aufgehöht zu amten.

Was konnte hinter so einer Tat stecken?, fragte sich Guntram aufs Neue. Katrin hatte auf eine Beziehungstat getippt. Doch wenn er es sich recht überlegte, dann traute er Regina Schmidt so etwas nicht zu. Und sie hatte ein wasserdichtes Alibi ihrer Kollegen im Emder Krankenhaus. Sollte sie dazu fähig sein, einen Killer zu engagieren? Und hatte sie ihn gebeten, es möglichst human vonstatten gehen zu lassen? Auch das konnte Guntram sich nicht vorstellen. Ein Auftragskiller ging nie sanft vor. Er hätte eine Waffe gewählt und Schmidt über den Haufen geschossen. Eine Kugel mitten in die Stirn, oder aus weiterer Entfernung zumindest in die Schläfe. Und die weitere Frage wäre dann ja auch gewesen, wie er ihn ausgerechnet dazu hätte bringen sollen, an der B70 zu halten und auf sein Schicksal zu warten. Nein, das war alles viel zu abstrus, als dass es hätte wahr sein können. Die Antwort, die sie jetzt noch nicht kannten, die war vielleicht viel einfacher. Doch wo setzte man bei so einem Fall, in dem es keine weiteren Spuren und Hinweise auf Fremdeinwirkung gab, eigentlich an?

Er sah sich in seinem Büro um und erinnerte sich an alte Zeiten, wo er oft bis tief in die Nacht über einem Fall gebrütet hatte. Dabei hatte er dann nicht nur einmal die Schublade aufgezogen und sich Chips und Whisky schmecken lassen. Es war alles so lange her. Sein ganzes Leben war seitdem auf den Kopf gestellt worden. Aber einen Whisky, den hätte er jetzt wirklich vertragen können. Auch, wenn er wusste, dass er in der Schublade keinen mehr finden würde, zog er sie trotzdem auf. Und zu seiner Überraschung fand er in der hintersten Ecke unter einem wirr zusammgeknüllten Haufen Papier tatsächlich einen Flachmann. Das ist ja besser als Weihnachten, dachte er und schraubte die Flasche gierig auf und setzte sofort an. Das warme brennende Gefühl in seiner Kehle stimmte ihn glücklich. Ja, manchmal war es wirklich so einfach.

Wenn Katrin ihn jetzt so sähe, würde sie wahrscheinlich ausflippen. So, wie sie immer ausflippte, wenn er sich zu sehr in ihr Leben drängte. Vielleicht hingen sie einfach viel zu oft und zu dicht aufeinander. So etwas tat keiner Beziehung gut. Jeder brauchte auch mal seinen Freiraum. Wie sollte man sich sonst aufeinander freuen können? Beflügelt von diesen Gedanken schob Guntram die Schublade zu, nachdem er den leeren Flachmann wieder darin verschwinden lassen hatte. Er würde sich jetzt etwas vom Italiener holen und die Nacht durcharbeiten. Ja, darauf freute er sich sogar.

Sein Bildschirm blinkte kurz auf. Eine Mail von Piepwitz war eingegangen. Es war sicher der Bericht der Obduktion. Das kam ja wie gerufen für seinen Plan. Männer hielten eben immer zusammen.

Draußen war es nasskalt und klamm, die Menschen drängten sich mit gesenkten Köpfen durch die Innenstadt und verschwanden nach links und rechts in die hell erleuchteten Geschäfte, die ihnen ein bisschen Wärme versprachen. Guntram wusste, dass viele sich nur etwas vormachten. Wenn sie zurück in ihre Häuser und Wohnungen kamen, dann ging alles weiter wie bisher.

Da Guntram für den Abendtisch noch recht früh dran war, nahm man seine Bestellung für eine Pizza mit Schinken und Käse sofort auf und stellte ihm einen Massala hin, während er wartete. Er kippte ihn runter und empfand den süßlichen Geschmack als unangenehm. Der junge Mann hinter dem Tresen, der Gläser spülte und zurück ins Regal räumte, warf ihm hin und wieder einen kurzen Blick zu. Guntram kannte ihn nicht, das Personal, war sicher teilweise neu. Er war ja auch eine Ewigkeit nicht mehr hier essen gewesen. Vielleicht war der Besuch beim Chinesen mit Katrin ein Anfang, mal wieder mehr rauszukommen. Und eigentlich musste auch nicht immer Sarah dabei sein, dachte er insgeheim, obwohl er die Kleine wirklich über alles liebte.

Tina fiel ihm ein. Er sollte mal wieder bei ihr vorbeigehen. Es fiel ihm immer schwerer, sie so unter ihrer Situation leiden zu sehen. Er selber ging davon aus, dass sie den Dienst über kurz oder lang würde quittieren müssen. Doch laut sagte er das natürlich nicht.

Die Pizza wurde in einem in eine Plastiktüte umhüllten Karton auf dem Tresen abgestellt. Guntram zahlte und nickte den Angestellten noch einmal zu.

Auf dem Weg zurück stoppte er noch bei einem Tabakladen und kaufte sich zwei kleine Flaschen Cognac. Für den Magen, dachte er bei sich.

Im Büro legte er wie früher die Füße auf den Tisch und ließ es sich schmecken. Es überkam ihn ein nostalgisches Gefühl von Freiheit. Damals, als er noch nicht mit Katrin verheiratet war, es sich aber wünschte, ihr nahe zu sein. Damals, als er noch Wünsche hatte, die nie erfüllt werden würden. Genau das hatte die Sache so interessant gemacht. Er biss in eine Pizzaecke und wischte sich mit dem Handrücken über den Mund. Er wusste, dass er Katrin Unrecht tat. Sie war nicht schuld daran, wenn er langsam alt und sentimental wurde. Wenn er sich immer öfter dabei ertappte, dass ihm der Job nur noch auf die Nerven ging. Sie war nicht schuld daran, sagte er sich immer wieder. Er hatte sich in eine Rolle gefügt, die ihm langsam die Luft raubte. Er schraubte den ersten Cognac auf und trank das Fläschchen in einem Atemzug leer. Sicher, er wollte für Katrin und ihre Tochter da sein. Wollte dafür sorgen, dass es den beiden an nichts fehlte. Und dabei fühlte er sich doch so unendlich müde. Es war eine Lüge, dass ihre Streitereien ihn nicht belasteten. Er schraubte auch noch die zweite Flasche auf und sog den Inhalt gierig ein. Er warf den Rest der Pizzaecke zurück in den Karton. Er hatte plötzlich gar keinen Hunger mehr.

Er wollte jetzt herausfinden, wer dieses arme Schwein ermordet hatte. Wer hatte Simon Schmidt den Hahn abgedreht?

Sein Handy tanzte auf dem Schreibtisch. Es war Katrin. Sicher machte sie sich schon Sorgen, wo er so lange blieb. Das Abendbrot der kleinen Familie stand auf dem Tisch. Man wartete auf ihn. Er konnte jetzt einfach nicht rangehen. Er nahm das Handy und ließ es in der untersten Schublade unter dem Papierstapel verschwinden, während ihr Name auf dem Display blinkte.

Der Schreibtisch brummte leise vor sich hin.

Tina

Frau Haubrich hatte den Abendbrottisch abgeräumt und Tina ein Glas Saft hingestellt. Eigentlich wollten die beiden jetzt Karten spielen. So, wie sie es oft am Abend taten. Doch die Vermieterin spürte, dass Tina nicht der Sinn danach stand. Bereits beim Essen hatte sie kaum etwas gesagt.

»Soll ich uns einen schönen Likör einschenken?«, fragte die alte Dame und zog eine Braue hoch.

Tina sah zu ihr auf. »Nein, danke.«

»Aber zum Spielen hast du heute keine Lust, hab ich recht?«

Tina schüttelte entschuldigend den Kopf.

»Schon gut. Wir müssen ja nicht spielen. Möchtest du auf dein Zimmer gehen? Oder soll ich dich hier alleine lassen?«

»Nein, auf keinen Fall«, protestierte Tina, »es ist Ihr Wohnzimmer.«

»Schon gut. Ich kann verstehen, dass du nicht jeden Abend mit einer alten Schachtel wie mir verbringen willst. Ich werde noch einen kleinen Spaziergang durch die Rathausstraße machen. Du kannst fernsehen, wenn du möchtest.«

Ehe Tina noch etwas erwidern konntest, war Frau Haubrich bereits im Flur und zog sich ihren dunkelgrauen Mantel über und setzte ihren Wollhut auf. Sie steckte ihren Kopf noch einmal zu Tina herein. »Ich bin in gut einer Stunde wieder zurück. Mach es dir gemütlich. Aber bitte, grüble nicht so viel, das ist nicht gut für eine junge Frau wie dich.«

»Bis gleich«, rief Tina der alten Dame nach. Als sie die Tür ins Schloss fallen hörte, ja, da fühlte sie sich wirklich ein wenig besser. Es fiel ihr nicht leicht, jeden Abend mit Frau Haubrich zu verbringen, auch wenn sie wusste, dass sie ihr eine ganze Menge verdankte. Sie kümmerte sich rührend um sie. Und sicher wusste sie auch, wie sehr Tina mit sich haderte. Noch immer lief sie an Krücken. Und das nach so langer Zeit. Die Ärzte sagten zwar, es sei überhaupt ein Wunder, dass sie schon wieder so weit gekommen sei. Doch für Tina war das eben nicht genug. Sie wollte endlich wieder in die Dienststelle. Doch dumm war sie nicht. Wenn eine Verletzung des Knies so lange anhielt, dann war kaum noch davon auszugehen, dass es zu hundert Prozent wieder intakt werden würde. Ihre Karriere als Ermittlerin auf der Straße war beendet. Sie ahnte, dass auch ihr Vater davon ausging, denn er sah sie manchmal so mitleidig an, als sei sie ein geprügelter Hund. Es wurde Zeit, dass sie sich Gedanken darüber machte, wie es wirklich für sie weitergehen konnte. Sicher, es würde immer einen Job für sie im Innendienst geben. Irgendwelche Akten von rechts auf links drehen. Aber das hatte nichts mit dem zu tun, wofür sie sich für berufen hielt. Sie musste den kalten Atem des Verbrechens spüren. Und den gab es nur auf der Straße. Guntram verstand das.

Mühsam kam Tina vom Ostfriesensofa hoch und klemmte sich die Stützen unter die Arme. Sie wollte Frau Haubrich nicht länger zur Last fallen. Sie würde jetzt üben, wieder nach oben in ihre Wohnung zu gelangen. Aus freien Stücken. Das würde der erste Schritt sein, um wieder auf die Beine zu kommen. Sie hatte den Biss ihres Vaters geerbt.

Frau Haubrich steckte ihre Hände tiefer in die Manteltaschen, als sie am Rathaus vorbeikam. Sie machte das nur für dieses junge Ding, sagte sie sich und schüttelte sich vor Kälte. Die Straße war menschenleer und es war ihr nicht ganz geheuer, hier jetzt alleine unterwegs zu sein. Wie immer in solchen Situationen sah sie überall geheimnisvolle Schatten, die ihr Angst einflößten.

An der nächsten Seitenstraße, die nach rechts führte, blieb sie kurz stehen. Stand da jemand und wartete auf sie? Frau Haubrich hielt den Atem an. Vorsichtig zog sie ihre Hände aus den Taschen und führte sie zu ihrem

Mantelkragen, den sie unmerklich nach oben zog. Nein, es war nicht gut, dass sie hier jetzt unterwegs war. Tina hin oder her. Sie würde jetzt zurück in ihre Wohnung gehen. Besser im Bett sein und um diese Zeit schon schlafen, als erschlagen in der Rathausstraße liegen. Sie lugte noch einmal in die dunkle Gasse. Es mochte sein, dass da jemand war. Sie wollte jetzt nur noch eins. Schnell nach Hause laufen.

Als sie die Querstraße erreichte, sah sie nach rechts und dann nach links. Und als sie nach links sah, da stutzte sie für einen Moment. Ging da auf der Brücke nicht eine Frau mit einem Kinderwagen? Um diese Zeit? Frau Haubrich vergaß in diesem Moment, welche Ängste sie eben noch umgetrieben hatten. Ihre Neugier siegte und sie sprang über ihren Schatten. Statt zurück zu ihrer Wohnung zu gehen, schlug sie den Weg entlang der Teestube ein, um sich Gewissheit zu verschaffen. Am nächsten Laternenpfahl lehnte sie sich an und tat so, als suche sie etwas in ihren Taschen. Dabei ließ sie die Frau mit dem Kinderwagen nicht aus den Augen. Jetzt, da sie näher dran war, konnte sie erkennen, wie sich die Frau über den Wagen beugte und etwas herausnahm. Kurz darauf ließ sie etwas ins Hafenbecken fallen. Es machte keine Geräusche.

Atemlos starrte Frau Haubrich immer noch auf die Gestalt, die jetzt den Kinderwagen weiter in die andere Richtung schob.

Es brauchte einen Moment, bis Frau Haubrich sich von dem verstörenden Anblick lösen konnte. Sie hätte nicht einmal sagen können, was sie an dem Szenario eben so derart fasziniert hatte. Es gab so viele Frauen, die Kinderwagen schoben. Doch diese Frau, sie war irgendwie besonders gewesen. Immer weiter verschwand die Gestalt aus ihrem Gesichtsfeld und sie beschloss, jetzt endlich nach Hause zu gehen.

Katrin

So langsam machte sie sich wirklich Sorgen. Warum ging er denn nicht an sein verdammtes Telefon? Sie hatten für diesen Abend nichts vereinbart. Aber das war doch auch gar nicht nötig. Eigentlich war er abends immer da.

Sicher, es konnte sein, dass er noch arbeitete. Früher war das immer so gewesen. Katrin geriet ins Grübeln. Zu Mittag, da waren sie gemeinsam beim Chinesen gewesen. Guntram hatte sichtlich gelöst gewirkt. Ja, jetzt fiel es ihr plötzlich auf. Er hatte glücklich auf sie gewirkt. Gab es etwas, das ihn beschäftigte? Tina? Es war bestimmt nicht leicht, seine eigene Tochter so gehandicapt zu sehen. Katrin wusste es nicht sicher, aber sie ging davon aus, dass Tina niemals wieder in den Polizeidienst zurückkehren würde. Niemand in der Familie sprach es bisher offen aus. Das konnte einen Vater schon zur Verzweiflung bringen, auch wenn Guntram es sich kaum anmerken ließ. Wie immer, wenn ihn etwas umtrieb. Und das Essen heute Mittag, es hatte ihn vielleicht ein wenig von seinen trüben Gedanken abgelenkt.

Und trotzdem blieb die Frage, warum er jetzt nicht nach Hause kaum. Sie tat es zwar nicht gerne, weil es bei den Kollegen dann immer so aussah, als spioniere sie ihrem Ehemann hinterher. Sie wusste, dass man hinter vorgehaltener Hand tuschelte, dass er jetzt unterm Pantoffel stand. Ausgerechnet Guntram, der einsame Wolf, der die Abende lieber mit Chips und Whisky verbrachte. Sie hatten ja keine Ahnung, wie verletzlich er wirklich war.

Katrin wählte die Nummer der Zentrale. »Ja, hallo«, sagte sie und versuchte, unangestrengt zu klingen. »Jochen geht nicht ans Telefon. Vielleicht ist der Akku leer. Ist er vielleicht in seinem Büro?«

»Geht er da auch nicht ran?«, stellte der Kollege eine Gegenfrage und sie sah förmlich, wie er grinste.

»Nein«, sagte sie knapp.

»Na, dann will ich mal nachsehen. Moment.«

Der Hörer wurde geräuschvoll zur Seite gelegt.

Es dauerte eine gefühlte Ewigkeit, bis sie endlich wieder etwas hörte.

»Er ist in seinem Büro und arbeitet.«

»Tatsächlich?«

»Jo.«

»Na gut. Vielen Dank.« Katrin hatte keine Lust, weiter nachzufragen, weil sie spürte, dass da auch nicht mehr viel kommen würde, nur vielleicht, um sie zu ärgern. Es gab sie immer noch, diese Machos, die zusammenhielten. Sie legte auf.

Sie wäre jetzt am liebsten in die Dienststelle gefahren. Sie wollte bei ihm sein. So wie früher mit ihm arbeiten, bis ihnen die Köpfe rauchten. Es war so lange her, dass sie sich zusammen so richtig gut gefühlt hatten. Doch sie konnte Sarah jetzt nicht alleine lassen. Das war ihr klar. Kurzerhand griff sie wieder zum Telefon und rief bei Tina an.

»Hallo, na wie geht es dir?«

»Ach, geht so. Ich sitze vor der Glotze.«

»Und Frau Haubrich?«

»Die ist noch mal rausgegangen. Frische Luft schnappen. Na ja, eigentlich tut sie das für mich.«

»Wieso?« Katrin hörte nur mit halbem Ohr hin, weil sie eigentlich lieber ihr eigenes Anliegen geklärt hätte.

»Sie hat wohl gemerkt, dass ich gerne mal alleine wäre. Ich kann ja nicht in meine Wohnung nach oben.« Sie sagte nichts davon, dass sie es bis vor kurzem versucht hatte und kläglich gescheitert war.

»Ach so. Ja, sie ist wirklich nett. Du sag mal, Tina. Würde es dir etwas ausmachen, nochmal zu uns rüberzukommen und auf Sarah aufzupassen?«

»Wieso? Ist was passiert?«

»Nein nein. Es geht nur um die Arbeit. Der neue Fall mit dem Taxifahrer. Jochen ist noch in der Dienststelle und ehrlich gesagt, würde ich auch gerne noch mal dorthin.«

»Sicher«, sagte Tina, »warum nicht.«

»Okay. Dann hole ich dich gleich ab.«

»Ach was. Das kostet doch viel zu viel Zeit. Ich werde mir ein Taxi rufen.«

Katrin biss sich auf die Zunge. Ausgerechnet ein Taxi. Das Mädchen hatte wirklich Mut. »Wie du meinst. Du hast ja einen Schlüssel, falls ich schon weg bin.«

»Ja, kein Problem. Ich mach mich gleich auf den Weg. Grüß Papa von mir.«

»Mach ich.«

Sie legten auf.

Katrin sah noch einmal in Sarahs Zimmer. Die Kleine schlief tief und fest, ihren liebsten Teddy im Arm, Whisky lag vor ihrem Bett. Gleich war es schon acht. Bestimmt würden sie und Guntram sowieso gleich nach Hause kommen. Dann würden sie noch ein wenig mit Tina reden. Das war sowieso mal wieder fällig. Davor konnte Guntram sich nicht ewig drücken. Sie zog ihre Jacke über und band einen Schal um. Kurz darauf saß sie im Wagen.

Die Stimmen

Wenn das nicht langsam aufhörte, dann würde noch etwas passieren. Also noch viel mehr, als sonst. Die Hände fuhren über die Stirn und massierten die Schläfen. Das tat gut. Der Druck ließ langsam nach. Warum war es nicht endlich still im Kopf. Dann würde anderen nichts mehr passieren. Doch was war, wenn es genau diese Stimmen der anderen waren, die danach riefen, endlich erlöst zu werden?

Der Wasserkocher klackte. Es wurde Zeit für einen heißen Tee. Er besänftigte die Seele, wenn es wieder einmal unerträglich wurde.

Dass diese Frau aber auch so neugierig sein musste. Was hatte sie überhaupt zu dieser Zeit auf der Straße zu suchen? Es war doch alles so schön still gewesen. Und dann hatte sie auch noch so getan, als suche sie etwas in ihren Taschen. Einige Menschen waren wirklich sehr einfältig, wenn sie glaubten, dass andere zu dumm waren, genau das zu merken, wenn man sie verarschen wollte. Durch ihr Handeln hatte sie alle Pläne durchkreuzt. War ihr das eigentlich bewusst? Sie würde nie erfahren, dass sie im entscheidenden Moment zur falschen Zeit am falschen Ort gewesen war.

Doch jetzt war endlich wieder alles ruhig. Die Stimmen waren verstummt. Der Tee schmeckte gut.

Guntram

Er schreckte von einem Geräusch auf. Etwas war zu Boden gefallen. Sein Fuß. Er war eingeschlafen und jetzt tanzten tausend Nadeln in seinem Schuh Ballett.

Wie spät war es eigentlich? Mit zugekniffenen Augen sah auf sein Handy. Schon nach acht. Meine Güte. Er hatte wirklich tief geschlafen. Und Katrin hatte viermal angerufen. Hoffentlich war nichts passiert. Er sollte jetzt wirklich besser nach Hause gehen. Er verschloss den Karton, in dem noch die halbe Pizza lag und warf ihn in den Mülleimer. Die leeren Cognacfläschchen flogen hinterher.

Es war wirklich albern gewesen, sich damit ein Stückchen Freiheit zurückzuholen. Bestimmt machte sich Katrin Sorgen um ihn. Er streckte sich noch einmal durch und kam vom Stuhl hoch, als plötzlich die Tür aufging.

»Jochen?«

Das war Katrin.

»He«, sagte er und fiel auf seinen Sitz zurück.

»Was machst du so spät noch hier?«

»Arbeiten.«

»Aha. Und? Hast du was herausgefunden?«

Er schüttelte den Kopf. »Ist Sarah etwa alleine zuhause?«

»Bin ich eine Rabenmutter?«

»Nein, natürlich nicht.«

»Tina ist bei ihr.«

»Warum? Ich meine, warum bist du hier? Wieso hast du Tina extra abgeholt?«

»Ich habe sie nicht abgeholt?«

»Sie ist doch wohl nicht gelaufen?«

»Nein. Sie wollte sich ein Taxi nehmen.«

»Ein Taxi?!« Guntram sprang vom Stuhl hoch. »Und das hast du ihr nicht ausgeredet nach allem, was passiert ist?«

»Nun mach mal halblang«, verteidigte Katrin sich halbherzig. Eigentlich hatte er ja recht. »Sie ist genauso dickköpfig wie du, sie wollte es unbedingt.«

»Nun gib ja nicht Tina die Schuld«, knurrte Guntram, »du wolltest unbedingt noch in die Dienststelle kommen, um mich zu kontrollieren.«

»Was?! Kontrollieren? Sag mal, spinnst du?«

Plötzlich hatten beide einen hochroten Kopf und standen sich wie Kampfhähne gegenüber. Es schien, als hätte es genau dieses Anlasses bedurft, damit sie sich endlich einmal Luft verschaffen konnten. Ja, als hätten sie beide darauf gewartet, dem anderen endlich mal die Meinung ins Gesicht zu schreien. Und keiner wusste, warum er eigentlich so wütend auf den anderen war.

Guntram schnaubte, bevor er vollkommen die Beherrschung verlor.

»Lass uns nach Hause fahren«, presste er hervor, »ich will wissen, ob es Tina gut geht.«

»Was ist eigentlich mit uns los?«, fragte Katrin unerwartet leise. Sie lehnte sich an seinen Schreibtisch und stützte sich mit den Händen auf.

Alarmiert horchte Guntram auf. Wurde das jetzt wieder so ein Beziehungsgespräch, wo er garantiert den Kürzeren zog?

»Was soll los sein?«, murmelte er und tat so, als suche er in seiner Jacke nach irgendwas.

»Du weißt genau, was ich meine«, sagte Katrin. »Irgendetwas stimmt mit uns nicht. Das geht schon seit geraumer Zeit so, dass wir irgendwie den Draht zueinander verloren haben.«

Draht?, dachte Guntram. Ich bin doch nicht von der Telekom. Tina ging ihm nicht aus dem Kopf. Sein kleines Mädchen saß jetzt in einem Taxi und brauchte vielleicht seine Hilfe.

»Lass uns jetzt gehen«, sagte er und sah sie das erste Mal direkt an. »Ich mache mir wirklich Sorgen um Tina. Und sag mal, bist du aus dem Haus gegangen, obwohl sie noch gar nicht da war?«, fiel es ihm plötzlich auf.

Katrin senkte den Blick und schob ihren linken Fuß geräuschvoll hin und her. »Sarah hat geschlafen. Glaub mir, es ist alles in Ordnung. Tina ist längst da und lässt es sich bei uns auf dem Sofa gut gehen. Du schiebst die Sorge doch nur vor, weil du wieder einmal Angst hast, wenn es um die Wahrheit geht.«

»Ich hör mir das jetzt nicht länger an«, sagte Guntram, »ich fahr jetzt nach Hause. Ich will wissen, ob es Tina gut geht. Du kannst ja gerne noch hierbleiben und nach deiner gottverdammten Wahrheit suchen.«

Er warf sich seine Jacke über den Arm, weil er schwitzte. Plötzlich griff Katrin nach seinem Arm und hielt ihn fest.

»Geh jetzt nicht«, flüsterte sie, »es geht doch um uns.«

Er drehte sich wieder zu ihr hin. Sie sahen sich an. Lange und ohne etwas zu sagen. Die Wut war längst verraucht und plötzlich spürten beide, dass es wichtig war, was jetzt passierte.

»Du willst es wirklich wissen?«, fragte Guntram in ruhigem Ton. »Ich meine, was bei uns schiefläuft?«

In Katrin zog sich alles zusammen. Sie ließ seinen Arm los, den sie immer noch umschlossen gehalten hatte. Es stimmte also. Zwischen ihnen war es nicht mehr so wie sonst. Ihre Beziehung war vielleicht sogar schon vorbei, ohne, dass sie es gemerkt hatten. Oder hatte er sogar eine andere? So absurd der Gedanke ihr auch vorkam, möglich wäre es trotzdem.

»Ja«, erwiderte sie mit kratziger Stimme. »Ich will es wissen.«

»Dann setz dich«, sagte Guntram, der plötzlich spürte, dass er die Fäden in der Hand hielt. Er war es, der jetzt bestimmte, wo es langging. Endlich wurde er nicht mehr von ihr niedergemacht, wie ein kleiner dummer Junge. Das gab ihm Auftrieb.

Katrin ging um den Schreibtisch herum und setzte sich auf seinen Bürostuhl. Er zog sich einen Besucherstuhl ihr gegenüber heran und lehnte sich auf.

»Ich weiß gar nicht, wie ich es sagen soll«, begann Guntram und diesmal bekam Katrin einen Schlag in die Magengrube.

»Sag es doch einfach«, bat sie matt.

»Ich ... nun ja. Es ist gar nicht so einfach, dir das zu sagen, aber ...«.

Guntram wischte sich mit beiden Händen übers Gesicht.

»Jochen, bitte«, flehte Katrin, »ich komme damit klar, ehrlich.«

Er sah auf. »Womit?«

»Na ja, mit allem. Sag es doch einfach. Vielleicht kenne ich sie ja sogar.«

Guntram runzelte die Stirn und musste sich erst einmal sammeln. Glaubte sie wirklich, dass er noch Chancen bei anderen Frauen haben könnte? Das schmeichelte ihm sogar.

»Du denkst doch wohl nicht, dass ich ...«, sagte er, bevor sie zu sehr litt.

»Warum denn nicht? Mit mir bist du schließlich auch fremdgegangen.«

»Das war etwas ganz anderes. Katrin, ich liebe dich.«

Alle Anspannung fiel von Katrin ab. Sie war so erleichtert, dass sie hätte heulen können vor Glück. »Ich liebe dich doch auch, du alter Esel.« Sie wischte sich wie nebenbei mit dem Zeigefinger unter dem rechten Auge entlang.

»Siehst du«, sagte er, »und genau das ist das Problem. Wir lieben uns, aber wir verhalten uns ganz anders.«

Sie nickte. »Du hast recht. Es tut mir leid, dass ich manchmal so zickig bin.«

Er sah sie mit hochgezogenen Brauen an. »Manchmal?«, fragte er und lächelte.

»Okay, oft«, gab Katrin zu. »Und ganz ehrlich, ich weiß nicht, warum ich so bin.«

»Ist es vielleicht wegen Sarah und der Belastung mit dem Job?«

»Nein«, wehrte sie ab, »das Thema hatten wir schon. Ich schaffe das.«

»Das weiß ich doch. Aber du bist oft so gereizt und ich weiß einfach nicht, was ich falsch mache.«

»Es liegt nicht an dir ...«.

Wenigstens war das jetzt mal gesagt, dachte Guntram erleichtert.

Katrin war klar, dass der Ball jetzt bei ihr lag. Sie wollte ihm aber nicht sagen, dass sie vor zwei Monaten einen Psychologen wegen ihrer emotionalen Schieflage aufgesucht hatte. Sie kam um den Schreibtisch herum und setzte sich zu ihm auf den Schoß. Sie spürte, wie glücklich er die Arme fest um sie schloss.

»Was passiert nur mit uns?«, flüsterte sie in seinen Hemdkragen.

»Der Alltag«, antwortete er ihrer Schulter und strich über ihren Rücken. »Er frisst uns auf. Das sollten wir nicht zulassen.«

»Du hast recht«, sagte sie und küsste ihn in den Nacken.

Ein wohliger Schauer kroch über seinen Rücken. Das hatte er so sehr vermisst. Diese Nähe und ihre Wärme.

»Aber was tun wir jetzt?«, fuhr sie fort.

»Wir lösen gemeinsam wieder einen Fall, so, wie wir es früher getan haben. Wir beide, Katrin, du und ich, wir sind für die Arbeit bei der Polizei bestimmt. Viel zu lange schon bekämpfen wir uns gegenseitig, das macht auf die Dauer mürbe.«

Sie löste sich von ihm und sah ihn an. »Egal was passiert«, sagte sie mit schrägem Blick, »ich liebe dich, Jochen Guntram. Vergiss das nicht.«

Es klang in seinen Ohren wie eine unheilvolle Prophezeiung.

»Ich liebe dich auch«, erwiderte er und küsste sie auf den Mund. Sachte schob er seine Hand unter ihren Pullover und sie wehrte sich nicht.

Vielleicht wäre noch mehr im Büro passiert, wenn da nicht plötzlich das Telefon auf dem Schreibtisch geklingelt hätte.

Blitzschnell schaltete Guntram in den Arbeitsmodus und nahm ab, nachdem Katrin sich hingestellt hatte und ihre Sachen zurechtrückte.

»Ja?«

»Da ist jemand am Telefon, der dich sprechen will«, sagte ein Kollege von der Zentrale.

»Wer?«

»Eine Frau. Sie sagt, sie kann etwas zu dem Fall sagen, an dem ihr gerade arbeitet.«

»Dann stell sie bitte durch.« Guntram machte Katrin ein Zeichen, dass es wichtig sein könnte und schaltete auf Mithören.

»Jochen Guntram, Polizei Leer«, meldete er sich, als es in der Leitung klackte und die Verbindung hergestellt war.

»Guten Abend«, kam es zögerlich von einer Frauenstimme, die ihm nichts sagte. »Mein Name ist Elisabeth Dorn. Ich bin Autorin.«

Guntram zog die Stirn kraus. War das wieder eine dieser Verrückten, die sich immer meldeten, um sich wichtig zu machen.

»Was kann ich für Sie tun?«, fragte er pflichtschuldigst.

»Ich weiß nicht, ob es wichtig ist«, fuhr sie fort, »aber ich war kürzlich zu einer Lesung bei Ihnen in der Gegend.«

Er verdrehte die Augen. »Sie rufen doch wegen des aktuellen Falles an?«

»Ja«, bestätigte sie, »ich bin vom Bahnhof Leer mit einem Taxi nach Rhauderfehn gefahren.«

Jetzt horchte Guntram auf. »Und weiter?«

»Nun ja, ich weiß nicht, ob es wichtig ist. Aber es wurde doch ein Taxifahrer ermordet?«

»Das ist richtig.«

»Na ja, als ich am Morgen nach Rhauderfehn gefahren worden bin, das muss der Morgen gewesen sein, als der Mann ermordet wurde.«

»Das kann sein.«

»Ich habe von meiner Agentin von dem schrecklichen Vorfall gehört und habe mich sofort daran erinnert.«

»Woran? An die Taxifahrt?«

»Ja, das auch. Aber es war da noch etwas anderes. Vielleicht ist es ja auch gar nicht wichtig. Doch ich dachte, es ist sicher besser, wenn ich anrufe.«

»Da haben Sie auf jeden Fall recht«, stimmte Guntram zu, der langsam ungeduldig wurde und mit seinem Kugelschreiber auf einem Block herumstocherte. »Was können Sie denn zu dem Fall beitragen?«

»Also«, sie holte tief Luft, »als wir von Leer Richtung Papenburg fuhren, da habe ich etwas Merkwürdiges beobachtet. Es war kurz, nachdem wir Leer hinter uns gelassen hatten. Ich weiß das noch so genau, weil der Fahrer mir etwas über die Gegend erzählt hat. Er war sehr nett. Er wies mich auf das schöne Hotel hin, an dem wir vorbeikamen. Und kurz darauf, da kam die Mülldeponie. Er machte darüber einen Scherz, deshalb erinnere ich mich so genau daran.«

Das sollte es jetzt doch wohl nicht gewesen sein, dachte Guntram und warf den Kugelschreiber über den Tisch.

»Das wollten Sie uns mitteilen?«, fragte er frustriert.

»Auch. Aber da war noch etwas anderes. Als wir die Mülldeponie erreicht hatten und über die Ampel fuhren, als es grün wurde, da habe ich eine Frau gesehen.«

»Eine Frau?«, wurde Guntram wieder hellhörig.

»Ja. Sie lief auf dem Radweg. Mit einem Kinderwagen.«

Guntram wusste nichts damit anzufangen. Warum sollte das so wichtig sein? Viele Frauen schoben mit Kinderwagen durch die Gegend. Da musste doch noch mehr kommen. Dann wurde es ihm klar, warum es ihr komisch vorgekommen war. Die Zeit.

»Wie spät war es da genau?«, fragte er nach.

»Hm, vielleicht kurz vor halb acht, schätze ich. Darum fand ich es auch irgendwie merkwürdig. Und das ist mir jetzt, wo ich von dem schrecklichen Verbrechen gehört habe, wieder eingefallen.«

»Danke«, sagte Guntram, »Sie haben völlig recht. Wir haben Winter. Da ist so ein Anblick, zumal noch an einer Bundesstraße, sicher befremdlich. Können sie sich noch daran erinnern, wie die Frau ausgesehen hat?«

Ein langgezogenes »Oh« klang durch den Raum. »Es ging ziemlich schnell. Und ich habe sie ja auch nur im Augenwinkel wahrgenommen. Aber sie war ziemlich dick eingepackt, eben, weil es kalt war an diesem Morgen. Und wenn ich jetzt so darüber nachdenke, dann frage ich mich, welche Frau um diese Zeit ihr kleines Baby spazieren fährt.«

»Sie haben völlig recht«, stimmte Guntram zu, »das ist merkwürdig. Ich würde Sie bitten, sich noch einmal mit unserem Phantomzeichner zu unterhalten. Er wird dann so gut es geht eine Zeichnung anfertigen.«

»Natürlich, das mache ich gerne.«

»Und sonst ist Ihnen nichts weiter aufgefallen?«

»Nein, eigentlich nicht. Sagen Sie, war es mein Fahrer, der da ...«. Sie vollendete den Satz nicht.

Da Guntram es nicht wusste, weil er die Fahrten von Simon Schmidt noch nicht gecheckt hatte, gab er ihr eine ehrliche Antwort. »Ich weiß es nicht«, sagte er. »Aber Sie sollten sich nicht so viele Gedanken darum machen, es fahren so viele Taxis am Morgen, da ist es sicher eher unwahrscheinlich.«

»Danke«, sagte sie.

Er gab ihr die Durchwahl des Zeichners und sie legten auf.

»Das könnte eine erste Spur sein«, sagte Katrin, die sich auf die Schreibtischkante gesetzt hatte, während sie zuhörte.

»Auf jeden Fall. Aber Bücher würde ich von der Frau nicht lesen, die zieht alles ziemlich in die Länge.«

Sie mussten lachen. So wie früher, dachte Guntram. Und auch Katrin fühlte sich wohl. Dass es daran liegen konnte, dass sie seit einigen Tagen Stimmungsaufheller nahm, daran wollte sie jetzt nicht denken. Das durfte Jochen nie erfahren.

Zuhause

Tina hatte den Fahrer bezahlt und er half ihr noch aus dem Wagen.

»Danke«, sagte sie, »das ist sehr nett.«

»Schlimme Sache, das mit unserem Kollegen«, fuhr er fort. Offensichtlich suchte er jemandem zum Reden.

»Ich weiß, was sie meinen«, entgegnete Tina, ohne zu erwähnen, dass ihr Vater an dem Fall arbeitete. Sie wollte jetzt nämlich lieber ins Haus, um nach Sarah zu sehen. Sie stützte sich auf ihre Krücken und machte ein wehleidiges Gesicht. »Ich muss jetzt leider rein, ich kann nicht mehr lange stehen.«

»Oh, das tut mir leid. Hatten Sie einen Unfall?«

Sie nickte, ohne weiter auf seine Frage einzugehen. Langsam wurde der Typ wirklich lästig. Dann setzte sie sich in Richtung Hauseingang in Bewegung.

»Alles Gute«, sagte er und stieg endlich in seinen Wagen.

Tina entspannte sich und schloss die Tür auf. Drinnen brannte überall Licht. Sicher wollte Katrin es ihr leicht machen. Als Erstes sah Tina in Sarahs Zimmer, nachdem sie sich mühsam die Treppe hochgequält hatte. Zum Glück waren die Stufen hier breiter als in ihrer Wohnung. Die Kleine schlief wie ein Murmeltier und Whisky, der vor ihrem Bett lag, hob kurz den Kopf und wedelte mit dem Schwanz.

Auf dem Tisch in der Küche stand ein Teller mit Knabberzeug. Tina nahm sich ein paar Nüsse und setzte sich dann ins Wohnzimmer auf die Couch. Sie fühlte sich nutzlos. Sie nahm die Fernbedienung und zappte durch die Programme. Nur dummes Zeug. Ihr Vater und Katrin saßen jetzt in der Dienststelle und stellten Vermutungen an. Das hätte sie jetzt auch gerne getan. Sie wusste kaum etwas über den Fall mit dem toten Taxifahrer. Und plötzlich fühlte sie sich außen vor. Warum redeten die beiden eigentlich nicht mit ihr darüber? Sie war doch auch noch da, auch wenn sie krankgeschrieben war.

Immer hörte sie nur die alten Geschichten von Frau Haubrich. Das zermürbte sie auf die Dauer. Sie hatte keine Freunde. Warum eigentlich nicht? Die Frage ließ sich schnell beantworten. Sie war immer anders gewesen. Das schwierige Verhältnis ihrer Eltern und dann der Tod ihrer Mutter hatten sie zu einer Einzelgängerin gemacht, ohne, dass sie es gewollt hätte. Man redete über sie, aber nicht mit ihr. Vielleicht waren auch einige Mädchen neidisch gewesen, weil ihr eigenes Zuhause so langweilig war. Tina wusste es nicht. Doch sie wusste, dass sie alleine war. Erste Tränen liefen über ihr Gesicht. Was sollte sie bloß machen, wenn sie nie wieder im Polizeidienst arbeiten konnte? Sie zog sich eine Decke über und fiel in einen oberflächlichen Schlaf.

Sie wurde wieder wach, als sie hörte, wie die Tür ging und dann Stimmen. Sie kamen zurück. Sie rieb sich übers Gesicht. Die Tränen waren zu einer kleinen Kruste um ihre Augen geworden. Sie rieb sie weg.

»Tina«, sagte Jochen.

»Hallo Paps«, erwiderte sie und setzte sich aufrecht hin. »Wie spät ist es?«

»Gleich zehn.« Er wollte jetzt nicht davon anfangen, dass sie lieber nicht mehr Taxi fahren sollte, bis der Fall gelöst war.

»Und? Habt ihr was erreicht?«

»Kann sein«, brummte er und setzte sich zu ihr aufs Sofa. »Es hat sich eine Zeugin gemeldet, die an dem Morgen, als man Simon Schmidt ermordet hat, etwas beobachtete.«

»Was?« Jetzt war Tina wieder hellwach.

»Eine Frau mit Kinderwagen.«

»Aha.« Tina klang enttäuscht.

»He, es war am frühen Morgen und wir haben Winter. Schon ungewöhnlich, dann mit einem Kinderwagen herumzuschieben. Denk mal an den kleinen Wurm, der muss sich die Füße abgefroren haben.«

»Stimmt«, sagte Tina, der die Sache jetzt auch merkwürdig erschien. »Konnte sie sie beschreiben?«

»Nur vage. Unser Zeichner nimmt alles auf und dann sehen wir weiter.«

»Aber was sollte sie denn mit der Sache zu tun haben?«

»Keine Ahnung. Irgendwie hab ich Kohldampf.« Er sah sich um. Dann stieg ein angenehmer Duft in seine Nase.

»Ich mach uns Spiegeleier«, sagte Katrin, die ins Wohnzimmer gekommen war. »Hallo Tina, danke nochmal.«

»Gute Idee«, sagte Guntram. »Ich könnte auch ein Bierchen dazu vertragen.«

»Haben wir auch noch im Haus«, erwiderte Katrin. »Du auch, Tina?«

»Klar«, sagte sie. »Aber eigentlich kann ich gar nicht mehr so lange bleiben, Frau Haubrich ...«.

»Ach, gönn der alten Dame mal ihren Schlaf«, meinte Guntram, »du bleibst einfach heute Nacht hier.«

»Auf jeden Fall«, stimmte Katrin zu, weil sie sah, wie Tina zögerte.

»Na dann«, sagte Tina, »nehme ich auch ein Bier. Sarah hat übrigens geschlafen, als ich kam. Whisky liegt ihr zu Füßen.«

»Das ist schön«, sagte Guntram und ein Gefühl von echtem Familienleben breitete sich in ihm aus. Er dachte für einen kurzen Moment daran, Tina anzubieten, doch bei ihnen einzuziehen. Doch er wollte die schöne Stimmung lieber nicht zerstören.

Sein Handy klingelte, und er nahm ab. Es war Frau Haubrich, die sich nach Tina erkundigte.

»Ja ja, machen Sie sich keine Sorgen«, sagte er und machte den beiden anderen ein Zeichen, dass es die alte Dame war. »Sie bleibt über Nacht hier bei uns.«

Das Gespräch wurde kurz darauf beendet.

»Wusste sie nicht, dass du hier bist?«, fragte Katrin an Tina gewandt.

»Nein, als ich ging, da war sie noch nicht zurück.«

»Dann ist es ja kein Wunder, dass sie sich Sorgen macht.«

»Manchmal viel zu viele«, stöhnte Tina.

Guntram ahnte, was in seiner Tochter vorging. Schon, als er dort oben in der Wohnung gelebt hatte, war sie zwar nett, aber doch sehr anstrengend gewesen. Sie wollte alles wissen. Vor allem, wo man wann hinging.

»Sie hat sonst eben niemanden«, meinte er nachdenklich. »Aber irgendwann, da wirst du sicher wieder deinen eigenen Weg gehen und auch ausziehen bei ihr.«

»Das ist es ja«, murmelte Tina, »sie ist immer so nett zu mir, dass ich mich gar nicht trauen würde, ihr das zu sagen.«

»Nun übertreib mal nicht, vor deinem Unfall warst du doch auch immer unterwegs.«

»Ja«, stöhnte Tina, »aber das ist so lange her. Paps, glaubst du, dass ich jemals wieder werde arbeiten können?«

Er sah an ihren Beinen herunter. »Sicher wirst du wieder arbeiten.«

»Du weißt, was ich meine«, drängelte Tina.

»Das können die Ärzte besser beantworten«, wich er aus. »Und eines ist klar, wenn es nicht funktioniert mit dem Außendienst, dann eben in der Verwaltung.« Er wusste, dass ihr diese Antwort nicht behagte.

Katrin kam mit einem Tablett ins Wohnzimmer und stellte drei Teller mit Toast und Spiegelei auf den Tisch. Guntram nutzte die Gelegenheit zur Flucht und holte das Bier.

Anscheinend geweckt von den Gerüchen, schlich Whisky plötzlich herein und streckte sich auf dem Teppich.

»Ich mach ihm mal schnell was«, sagte Guntram und ging in die Küche. Verdammt, dachte er, als er sich an die Spüle lehnte. Was sollte bloß aus Tina werden? Am liebsten wäre es ihm ja gewesen, sie würde auch bei ihnen wohnen. Doch das musste er mit Katrin besprechen. Es tat ihm weh, seine Tochter so leiden zu sehen. Und auch wenn er es nicht gesagt hatte, so war er sich ziemlich sicher, dass es mit dem aktiven Polizeidienst für Tina vorbei war. Er schmierte einen Toast mit Käse für Whisky, der bereits artig neben ihm saß und dann mit dem Brot im Wohnzimmer verschwand.

Als er ins Wohnzimmer zurückkam, unterhielten sich Katrin und Tina über den Fall.

»Die Zeugin klang doch verlässlich?«, fragte Katrin jetzt an Guntram gewandt.

»Klar«, sagte er, »du hast sie ja gehört. Ich denke nicht, dass es eine Spinnerin ist. Dazu noch eine Autorin. Obwohl, die haben ja oft einen an der Marmel.«

»Papa«, mahnte Tina, »also wirklich. Was ist eigentlich mit der Witwe des Opfers?«

»Was soll damit sein?«, fragte Guntram zurück.

»Na ja, kann sie denn keine Anhaltspunkte geben? Ich meine, wie war die Ehe, ging der Mann vielleicht fremd?«

»Da dürfte sie wohl die Letzte sein, die davon weiß«, mischte sich Katrin ein und merkte plötzlich, dass sie sich auf dünnes Eis begab. Keinesfalls sollte die gute Stimmung kippen, weil Tina Parallelen zu ihrem Vater und seiner Kollegin zog bei diesem Thema.

»Kann sein«, sagte Tina und wirkte nicht so, als zöge sie Schlüsse in Richtung Vergangenheit. »Ich könnte ja nochmal mit ihr sprechen.«

»Du?«, fragte Guntram.

»Warum denn nicht?«

»Du bist krankgeschrieben. Das geht leider nicht.«

»Oh man«, maulte Tina. »Gibt es da denn nicht eine Möglichkeit, dass ich bei den Ermittlungen mitwirke. Es sind doch nur die Beine, die nicht richtig mitmachen, nicht mein Kopf.«

»Hm«, raunte Guntram, »ich kann ja mal morgen in Osnabrück anfragen, ob das möglich ist.«

»Sie hat doch recht«, stimmte Katrin zu, »es sind nur die Beine und nicht der Kopf. Wenn der behandelnde Arzt zustimmt, geht sowas glaube ich schon. Tina könnte ja im Büro arbeiten.«

»Nun mal sachte«, mahnte Guntram, »noch ist die Sache nicht amtlich. Aber wie gesagt, ich kümmere mich morgen mal darum.«

»Danke Paps«, sagte Tina und stieß mit den beiden an.

Gegen Mitternacht machte sich Tina als Erstes fertig fürs Bett. Sie schlief im Gästezimmer, in dem sich Dinge stapelten, die sonst im Weg gestanden hätten. »Es macht mir nichts aus«, sagte Tina, als Katrin auf das Gerümpel hinwies.

Guntram konnte, obwohl er vorher im Wohnzimmer immer wieder genüsslich gegähnt hatte, lange nicht einschlafen, als er neben Katrin im Bett lag. Immer wieder musste er an die Frau mit dem Kinderwagen denken. Er wusste zwar noch nicht wie, aber irgendwie schien sie tatsächlich in Zusammenhang mit dem Fall zu stehen. Und sei es nur, dass sie eine gute Zeugin abgegeben hätte. Er musste sie finden. Bisher hatten sich auf den Aufruf in der Zeitung nur Autofahrer, die das Taxi in der Haltebucht hatten stehen sehen, gemeldet. Kein Radfahrer, geschweige denn eine Frau mit Kinderwagen war darunter.

Und dann ging ihm noch etwas anderes durch den Kopf. Die Nachbarin von Regina Schmidt, bei ihr hatte auch ein Kinderwagen vor der Tür gestanden an dem Tag, als er vor verschlossener Tür bei der Witwe gestanden hatte. Was war, wenn sie etwas mit der Sache zu tun hatte? War sie die heimliche Geliebte von Simon Schmidt gewesen? Kaum vorstellbar für Guntram, als er sich das Bild der Nachbarin deutlich in Erinnerung rief. Sie war doch bereits Großmutter. Warum sollte er mit so einer Frau ein Verhältnis anfangen?

Langsam schwirrte ihm der Kopf und er glitt in einen leichten Schlaf hinüber, bis er nichts mehr um sich herum wahrnahm.

Frau Haubrich

Drei Tassen Tee hatte sie getrunken und ein Brot mit Marmelade gegessen. Das erste Mal seit langer Zeit hatte sie dazu das Radio angeschaltet. Es war so still im Haus. Tina fehlte ihr. Die nette Unterhaltung beim Frühstück und das Gefühl, dass da jemand war. Frau Haubrich war natürlich klar, dass es nicht ewig so weitergehen würde mit dem jungen Mädchen. Irgendwann, da konnte sie wieder arbeiten gehen. Oder sie fand einen netten jungen Mann, mit dem sie sich eine Zukunft aufbaute.

Frau Haubrich seufzte auf. Sie hatte sich so an die Gesellschaft gewöhnt, dass sie sich gar nicht mehr vorstellen konnte, jeden Morgen alleine zu frühstücken. Geschweige denn, zu Mittag zu essen. Überhaupt, alleine zu sein. Tag für Tag und Nacht für Nacht. Es würde schwer werden, wieder jemanden für die kleine Wohnung im ersten Stock zu finden, dem sie so vertraute und der dazu noch so sympathisch war.

Ihr fiel die Begegnung am gestrigen Abend wieder ein, als sie vor dem Teestübchen diese Frau mit dem Kinderwagen auf der Rathausbrücke beobachtet hatte. Es war sehr ungewöhnlich gewesen, um diese Zeit noch draußen mit einem Kind unterwegs zu sein. Wer sie wohl war? Ob sie sich vielleicht mit ihrem Mann gestritten und überstürzt die Wohnung verlassen hatte? Brauchte sie Hilfe? Jetzt war es zu spät, darüber zu grübeln. Und als die Frau sie unter der Laterne entdeckt hatte, da war sie schnellen Schrittes in die andere Richtung verschwunden. Jemand, der Hilfe suchte, benahm sich eigentlich anders.

Draußen hielt Guntram gerade mit seinem Wagen in der Neuen Straße, um Tina nach Hause zu bringen.

»Willst du wirklich nicht mit reinkommen?«, fragte Tina.

»Hm«, brummte Guntram, dem wirklich nicht der Sinn danach stand.

»Komm schon«, drängelte Tina, »lass mich nicht alleine mit dem Begrüßungsschwall.« Sie lächelte und stupste ihn am Arm.

»Na gut«, gab sich Guntram geschlagen. Er zog den Schlüssel ab und hielt Tina kurz darauf die Tür auf und nahm ihr die Krücken ab. Er half ihr aus dem Wagen, als auch schon die Haustür von Frau Haubrich aufging und sie ihnen zuwinkte.

»Guten Morgen«, rief sie, »das passt ja gut, ich habe noch Tee.«

»Boah«, machte Guntram, ohne dass die alte Dame es mitbekam,

»Papa«, mahnte Tina und lief los, so gut es ging.

Guntram folgte ihr mit den Händen in den Taschen. »Moin Frau Haubrich«, sagte er, als er sie erreichte, »so einer guten Tasse Tee kann ich in den seltensten Fällen widerstehen.«

»Das will ich meinen, Herr Kommissar.« Frau Haubrich zwinkerte ihm zu und griff Tina unter den Arm, um ihr zu helfen.

»Das geht schon«, sagte Tina und wehrte freundlich aber bestimmt ab.

Sie setzten sich an den Esszimmertisch und Frau Haubrich schenkte beiden Tee ein. Guntram behielt seine Jacke an, weil er gleich wieder losmusste, wie er betonte.

»Das Wetter ist wirklich nicht schön«, sagte Frau Haubrich, »immer dieses Nasskalte.«

»Ist wohl typisch für Ostfriesland«, murmelte Guntram, »ich hab mich langsam dran gewöhnt.«

»Ich wohne schon immer hier, Sie haben recht. Da muss man wohl mit leben. Aber man glaubt ja gar nicht, was man hier alles erleben kann.«

»Wieso?«, fragte Tina neugierig.

»Ach, gestern Abend, da bin ich ja nochmal raus ...«.

Tina nickte. »Tut mir leid, dass ich keinen Zettel oder so dagelassen habe, bevor ich zu meinem Vater ging. Es kam alles so plötzlich, als Katrin anrief.«

»Schon gut, Kindchen«, beruhigte Frau Haubrich. »Aber ich gebe zu, ich habe mir natürlich Sorgen gemacht, deshalb rief ich später an. Ich hoffe, das war nicht zu aufdringlich?«, fragte sie in Richtung Guntram.

»Ne, alles gut«, sagte er und war mit seinen Gedanken schon ganz woanders. Noch eine Tasse Tee, dachte er, dann bin ich hier raus.

»Was war denn gestern Abend?«, fragte Tina höflichkeitshalber nochmal nach.

»Wie? Ach so ... also, als ich zum Rathaus zurückkam, da hab ich auf der Brücke etwas Merkwürdiges beobachtet.«

»Merwürdig? Was denn?«

»Na ja, eine Frau mit Kinderwagen, und das um die Zeit.«

Bei dem Wort Kinderwagen stieg Guntram wieder ein. »Kinderwagen sagen Sie?«

»Ja, stellen Sie sich das mal vor«, empörte Frau Haubrich sich erneut. »Ich konnte es zunächst gar nicht glauben, das arme Kind, hab ich gedacht. Um die Zeit im Winter noch draußen.«

»Wie sah sie aus?«, fragte Guntram.

»Oh, ich weiß nicht. Es war ja ziemlich dunkel, nur die Straßenlaternen und so. Ich bin dann in Richtung Rathausbrücke gelaufen, es hätte ja sein können, dass ich ihr helfen kann. Aber dann ist sie in die andere Richtung davongelaufen.«

»Mit dem Kinderwagen?«

»Sicher. Ich hab das ja auch nicht verstanden. Es war irgendwie unheimlich.«

»Unheimlich?«, wiederholte Guntram mehr für sich selbst. Genauso unheimlich oder suspekt wie die Frau mit Kinderwagen an dem Morgen an der B70. Ob es sich um dieselbe Frau handelte? »Hören Sie Frau Haubrich, das ist jetzt sehr wichtig für mich. Können Sie sich an die Frau erinnern und versuchen, eine Beschreibung für unseren Zeichner abzugeben?«

Frau Haubrich setzte sich kerzengerade auf, weil sie plötzlich im Mittelpunkt stand. »Ich kann es auf jeden Fall versuchen«, sagte sie feierlich, »wenn es für Sie so wichtig ist.«

»Das könnte es durchaus sein. Am besten, ich nehme Sie gleich mit in die Dienststelle.«

»Oh«, sagte Frau Haubrich und bekam glühende Wangen. »Wenn das für dich in Ordnung ist, Tina?«

»Aber sicher«, sagte Tina und sah ihren Vater skeptisch an. »Kann ich nicht auch mitkommen, Papa?«

»Hm«, brummte Guntram, »warum eigentlich nicht. Dann können wir auch gleich die Sache mit Osnabrück klären.«

Nach einer Stunde war alles in trockenen Tüchern und die Meldung an die Presse und die regionalen Fernsehsender raus. Plötzlich war die Frau mit dem Kinderwagen zu dem wichtigsten Fakt im ganzen Fall geworden.

Guntram ließ Frau Haubrich, die nur zu gerne noch länger in den Akten auf seinem Schreibtisch herumgekramt hätte, von einem Kollegen nach Hause fahren.

»Und jetzt zu dir«, sagte er zu Tina, die auf seinem Bürosessel saß, und griff zum Telefon. Das Gespräch mit seinem Vorgesetzten in Osnabrück dauerte nur ein paar Minuten.

»Super«, sagte Tina, die alles mitbekommen hatte. »Dann gehe ich gleich mal zu meinem Arzt und lass es mir bescheinigen.«

»Ich werde dich da vorbeifahren«, sagte Guntram, »ich muss sowieso nochmal raus zu der Witwe.«

Nur zu gerne wäre Tina mit ihm gegangen, doch sie hielt sich lieber zurück. Dass sie bald wieder im Büro sitzen würde, war schon mehr, als sie sich gestern noch hätte träumen lassen.

»Ich kann mir nachher ein Taxi nehmen«, sagte sie, als Guntram sie bei der Praxis aussteigen ließ.

»Warte doch einfach auf mich«, sagte er, dem der Gedanke nicht behagte. »So lange wird es bei Frau Schmidt nicht dauern. Ich hol dich einfach wieder hier ab. Setz dich, wenn du fertig bist, doch ins Wartezimmer.«

Die Aussicht, dass er sie dann gleich wieder mit in die Dienststelle nehmen würde, ließ sie einwilligen.

Die Nachbarin

Guntram parkte seinen Wagen bei der Kirche und lief zum Haus von Regina Schmidt. Dabei warf er auch einen Blick auf das Haus nebenan. Dieses Mal war die Nachbarin nicht draußen. Auch stand kein Kinderwagen vor der Tür.

Er klingelte bei Regina Schmidt, die augenblicklich öffnete. In der Hand hielt sie einen Staublappen.

»Sie erinnern sich an mich?«, fragte Guntram.

Sie nickte. »Sicher. Kommen Sie herein. Ich mache gerade sauber.«

Typisches Vermeidungsverhalten, dachte er. Sie ertrug die plötzliche Einsamkeit im Haus nicht und fing an zu putzen.

Er folgte ihr in die Küche.

»Möchten Sie vielleicht einen Kaffee?«

»Gerne«, antwortete Guntram und registrierte, dass in der Küche nichts herumstand. Alles blitzeblank. Ob das schon immer so gewesen war, auch als Simon noch lebte, konnte er nicht beurteilen.

»Ich bin krankgeschrieben«, sagte Regina, während sie ihm den Rücken zuwandte, weil sie die Kaffeemaschine befüllte.

»Das ist doch verständlich, dass Sie jetzt nicht arbeiten können«, meinte Guntram und fuhr mit der Hand über den Tisch. Er stellte sich vor, wie Simon Schmidt hier immer gesessen und gefrühstückt hatte, bevor er zu seiner Schicht fuhr. »War Ihr Mann schon immer Taxifahrer?«, fragte er dann.

Sie drehte sich zu ihm um. »Nein, erst ein paar Jahre, nachdem er arbeitslos geworden war und nichts Neues mehr fand. Irgendwas muss man ja machen, hat er immer gesagt.«

»Da hatte er wohl recht. Was hat er denn vorher gemacht?«

»Oh, er hat viele Jahre in einer Druckerei gearbeitet. Doch irgendwann, da brauchten sie ihn nicht mehr.«

»Das war sicher nicht leicht.«

»Nein. Aber er hat sich ans Taxifahren gewöhnt ...«. Sie überlegte kurz, ob sie etwas Unpassendes gesagt hatte, und stellte dann Tassen auf den Tisch.

»Hören Sie, Frau Schmidt, Sie wissen, dass ich den Mörder Ihres Mannes finden möchte, deshalb muss ich Sie das jetzt fragen«, sagte Guntram.

»Ich verstehe das«, sagte Regina.

»Könnte es sein, dass Ihr Mann vielleicht ein Verhältnis gehabt hat?«

Jetzt war es raus und wirkte genauso, wie er befürchtet hatte. Regina Schmidt machte ein trauriges Gesicht. Der

Gedanke, dass er sie betrogen haben könnte, war ihr sicher nicht das erste Mal gekommen.

»Herr Kommissar, wir waren schon lange verheiratet, sicher wissen Sie, wie das ist ...«.

»Hm ...«.

»Ich glaube nicht, dass Simon mich betrogen hat, aber woher soll man das wirklich wissen. Warum fragen Sie das? Hatte er eine Geliebte?« Unsicher sah sie ihn an in der Erwartung, dass jetzt auch ihre letzte Hoffnung, dass sie eine gute Ehe geführt hatten, im nächsten Moment zu Bruch gehen könnte.

»Wir wissen es nicht und bisher gibt es auch keine Hinweise darauf. Es ist nur so, dass Ihr Mann Simon nicht ausgeraubt worden ist. Somit können wir eine Tat aus Habgier wohl ausschließen.«

»Verstehe«, sagte sie, »Sie denken, dass es vielleicht mit einer anderen Frau zu tun haben könnte. Eine, die sich abgewiesen fühlte oder ein eifersüchtiger Ehemann, der hinter das Verhältnis gekommen ist.«

Plötzlich wirkte sie, als ginge es sie nichts an und sie spekuliere nur über das Leben eines anderen. Auch, dass sie selber aus Eifersucht zur Täterin hätte geworden sein können, blieb unerwähnt.

»So könnte es sein«, sagte Guntram, »aber wie gesagt, noch wissen wir nichts Konkretes.«

»Mein Gefühl sagt mir, dass er mich nicht betrogen hat«, sagte Regina und holte jetzt die Kaffeekanne und goss beiden ein. »Wir haben immer sehr aufeinander geachtet und füreinander gesorgt. Ich glaube nicht, dass Simon mir so etwas angetan hätte. Wir haben nie aufgehört, uns zu lieben.«

Guntram hätte gerne gefragt, woran sie das festmachte. Doch hatte das wirklich etwas mit dem Fall zu tun oder interessierte es ihn aus ganz privaten Gründen?

»Hatte Ihr Mann ein Arbeitszimmer oder so? Eben einen Ort für ganz private Dinge, die ich mir einmal ansehen dürfte?«

Regina rührte in ihrem Kaffee herum, ohne zu trinken. »Er hatte im Gästezimmer einen Schreibtisch. An den bin ich nie rangegangen. Nicht, weil er es mir verboten hätte, aber ich finde, jeder braucht auch eine Privatsphäre für sich. Ich habe mich auch jetzt noch gar nicht damit beschäftigt. Ich kann das irgendwie noch nicht, wissen Sie.«

»Haben Sie etwas dagegen, wenn ich mich dort kurz einmal umsehe?«

»Nein, machen Sie nur.«

Guntram trank einen großen Schluck Kaffee und ließ sich dann das Zimmer zeigen. Regina sah kurz mit hinein und ging zurück in die Küche.

Es war ein schwerer Schreibtisch mit großen tiefen Schubladen. Darin hatte sich allerhand Papier, Zeitungsausschnitte, Bankauszüge, Feuerzeuge und vielerlei Kleinkram angesammelt. Offensichtlich hatte Simon Schmidt ein Faible für Kugelschreiber gehabt. Eine Lade war voll davon. Alle in unterschiedlichen Farben und Prägedrucken von Firmen. Sowas bekam man ja überall als Werbegeschenk. Es mussten an die tausend oder mehr sein.

Guntram fragte sich, warum er eigentlich nichts sammelte. Außer vielleicht leeren Whiskyflaschen und bösen Erinnerungen, die er irgendwann vergaß, zu entsorgen.

Die Bankbewegungen waren unauffällig, als er die letzten gut sortierten drei Jahre durchblätterte. Das Ehepaar hatte von rund dreitausend Euro im Monat sicher nicht schlecht gelebt. Umgerechnet in D-Mark hätte Guntram nie von so einem Einkommen zu träumen gewagt. Doch heute mit dem Euro war alles anders.

In einem Ordner hatte Simon Schmidt Zeitungsartikel zum Thema Autounfälle gesammelt. Wagen, die um einen Baum gewickelt kaum noch zu erkennen waren neben Lkws, die in einen Stau gerast waren. Lauter so Zeugs, über das Guntram immer hinwegblätterte, wenn er überhaupt die Zeitung las.

Irgendwie fand er das Verhalten von Simon Schmidt merkwürdig. Die Kugelschreiber, die Unfälle. Was bewog einen Menschen dazu, solche Dinge zu sammeln? Ob seine Frau überhaupt von seiner Leidenschaft für Unfälle wusste? Sicher hätte sie es auch makaber gefunden, die Berichte von meist tödlichen Zusammenstößen in der Schublade zu lagern. Oft traf es gerade junge Menschen, die in Unkenntnis der Verhältnisse von Straßen und der Reaktion ihrer Wagen ihr Leben ließen. Sowas sah man sich in der Regel nicht Jahre später noch einmal an. Warum also sammelte Simon Schmidt so etwas?

Des Weiteren gab es wie bei vielen einen Ordner für Versicherungen, einen für Rechnungen und Diverses. Guntram war froh, dass er nicht auf noch mehr Merkwürdigkeiten stieß, die ihn nachts nicht mehr hätten schlafen lassen.

Er ging in die Küche zu Regina zurück, die immer noch vor ihrer Tasse saß, die sie anscheinend nicht angerührt hatte. In Gedanken versunken starrte sie zum Fenster und schrak kurz auf, als er wieder hereinkam.

»Haben Sie etwas gefunden?«, fragte sie und faltete ihre Hände ineinander.

»Nichts, was mich im Moment weiterbringt«, gab Guntram zu. »Wussten Sie, dass Ihr Mann sich besonders für Autounfälle interessiert hat?«

»Autounfälle?«

»Ja, er hat die Bilder und Berichte dazu aus der Zeitung ausgeschnitten und in einem Ordner gesammelt.«

»Tatsächlich? Nein, davon wusste ich nichts.«

»Und offensichtlich mochte er Kugelschreiber, diese Dinger, wo immer der Name irgendeiner Firma draufsteht.«

Regina lächelte. »Ja, ich weiß. Immer, wenn ich mit meinen Freundinnen irgendwohin fuhr, dann musste ich ihm welche mitbringen. Ich weiß auch nicht, wozu das gut sein sollte, aber Menschen sammeln doch immer irgendwas.«

»Ach ja? Und was sammeln Sie?«

Sie dachte einen Moment nach. »Ich weiß nicht, eigentlich nichts Bestimmtes.«

»Ich auch nicht. Wahrscheinlich muss man auch der Typ dafür sein.«

»Vielleicht«, sagte sie versonnen. »Aber das mit den Unfällen, das verstehe ich wirklich nicht. Wir hatten nie einen schwereren Autounfall.«

»Was ist eigentlich mit Ihrer Nachbarin?«, schwenkte Guntram plötzlich um.

Regina runzelte die Stirn, weil sie erst nachdenken musste, was er meinte.

»Brunhilde?«, fragte sie dann.

»Wenn es die Frau von nebenan ist, dann ja. Bisher kannte ich ihren Namen nicht.«

»Brunhilde Brandt«, erklärte Regina, »sie ist eine nette Frau.«

»Sie sind also gut befreundet mit ihr?«

Regina zog die Schultern hoch. »Na ja, wie man sich eben so kennt, wenn man nebeneinander wohnt. Da redet man ja automatisch miteinander.«

Ich nicht, dachte Guntram, doch das tat jetzt nichts zur Sache.

»Ich habe mich mit ihr unterhalten, als ich zu Ihnen wollte, an dem Tag, an dem ...«.

»Ich verstehe schon«, half Regina nach.

»Ja. Da habe ich mit ihr gesprochen. Sie schien gut darüber informiert zu sein, wo Sie und ihr Mann sein könnten.«

»Sicher. Das wusste sie natürlich. Manchmal kommt sie auch zu uns ...«, sie stockte, weil es ihr einfiel, dass es ein uns jetzt nicht mehr gab. »Manchmal ist sie hier zum Tee oder so«, vollendete sie dann.

»Hat sie ein Enkelkind?«

»Enkelkind?«, wiederholte Regina fragend, als höre sie zum ersten Mal davon.

»Ja. Ein recht kleines vielleicht, das noch im Kinderwagen ist.«

»Hm, das weiß ich nicht. Warum fragen Sie?«

»Ach ... nur so. Fiel mir gerade so ein.«

»Also, nicht dass ich wüsste. Seitdem ich Brunhilde kenne, wohnt sie da alleine in dem Haus. Und jetzt, wo Sie es sagen, wir haben auch nie über Ihre Kinder oder so gesprochen.«

Guntram witterte etwas. Warum hatte diese Brunhilde ihn angelogen? Warum hatte sie einen Kinderwagen vor dem Haus stehen, wenn sie offensichtlich gar kein Enkelkind hatte? Die Sache wurde immer mysteriöser.

»Hören Sie, Frau Schmidt, es ist wirklich nur Routine, aber können Sie sich vorstellen, dass Ihr Mann Simon ein Verhältnis mit Ihrer Nachbarin Brunhilde gehabt hat?«

Regina fiel die Kaffeetasse, die sie gehalten hatte, aus der Hand und zerbarst auf dem Küchentisch. Schnell eilte sie zur Spüle und holte ein Tuch, um den Kaffee daran zu hindern, auch noch auf den Boden zu laufen.

»Nein«, sagte sie, während sie geschäftig dafür sorgte, dass von dem Malheur nichts mehr zu sehen war. »Das kann ich mir nicht vorstellen. Wirklich nicht. So etwas hätte Simon mir wie gesagt nie angetan.«

Guntram half ihr, die restlichen Scherben zusammenzusuchen und verabschiedete sich dann.

Draußen sah er auf die Uhr. Er wäre jetzt gerne direkt zu Brunhilde Brandt gegangen, um ihr auf den Zahn zu fühlen. Doch Tina wartete ja beim Arzt. Er zog sein Handy aus der Tasche und rief bei Katrin an.

»Hör mal«, sagte er und erklärte kurz die Situation.

»Sicher kann ich sie abholen«, sagte Katrin. »Mach dir keine Sorgen, ich fahre dann mit ihr zur Dienststelle und wir warten dort auf dich.«

»Danke«, sagte Guntram und ging auf das Haus von Brunhilde Brandt zu. Wenn er Glück hatte, war sie vielleicht gar nicht da und er konnte ein wenig draußen herumschnüffeln. Doch er hatte Pech, und die Haustür öffnete sich noch, bevor er überhaupt die Klingel gedrückt hatte.

»Hallo«, sagte er und steckte unbeholfen seine Hände in die Jacke, weil er sich ertappt fühlte.

»Herr Kommissar?«, fragte sie und zog ihre Strickjacke fester um sich.

So ohne grauen Mantel und Strickmütze sah sie gar nicht so übel aus, dachte Guntram. Auch wenn sie nicht sein Typ war, so war es für ihn jetzt nicht mehr völlig ausgeschlossen, dass diese Frau ein Verhältnis mit Schmidt gehabt haben konnte.

»Ja«, sagte er gedehnt, »ich war gerade bei Ihrer Nachbarin und da dachte ich, ich könnte auch gleich mal bei Ihnen vorbeisehen für ein paar Fragen.«

»Fragen? Was für Fragen denn?« Sie wirkte misstrauisch.

»Routine«, antwortete er, »könnte ich kurz reinkommen?«

Sie überlegte einen Moment und gab dann den Eingang frei. »ich habe sowieso gerade Kaffee fertig.«

Bevor Guntram Ja sagte, beschloss er, sich für diesen Fall noch Magentabletten zu besorgen. So viel Kaffee am Tag, das war er einfach nicht gewöhnt.

Drinnen roch es nach einem Gemisch aus Zitrone und Kernseife. Licht brannte nur in der Küche, obwohl der Flur ziemlich dunkel war, alleine durch die alten Möbel.

»Sie leben allein?«, fragte er instinktiv.

»Ja, Herr Kommissar.«

Sie stellte einen zweiten Becher auf den Tisch und schenkte ihm ein. »Milch und Zucker nehmen Sie bitte selber.«

Guntram entschied, darauf zu verzichten, weil das Datum auf der Milchpackung aussagte, dass die Haltbarkeit bereits verstrichen war.

»Danke«, sagte er, »ich trinke schwarz.«

Sie setzten sich an den Tisch mit der rotweißen Decke.

»Sie waren bei Regina?«, fragte sie obenhin.

Er nickte. »Ja.«

»Schreckliche Sache, das mit ihrem Mann.«

»Kann man so sagen. Wie gut kannten Sie Simon Schmidt?«

»Ich?« Sie strich mit ihrer Hand über die leicht angegrauten Locken, die ihr bis auf die Schulter fielen. »Na ja, wie man Nachbarn eben so kennt. Sie waren beide sehr nett und hin und wieder trank ich mit Regina mal Tee oder so.«

»Nur mit ihr?«

Sie wirkte irritiert. »Ja, jetzt, wo sie es sagen. Aber das hatte nichts zu bedeuten, die beiden arbeiteten ja auf Schicht und wenn Regina da war, fuhr er Taxi. Und wenn er da war, dann war sie im Krankenhaus.«

»Aber Sie gingen nur rüber, wenn Regina Schmidt alleine zuhause war?«

Ihr schien zu schwanen, worauf das hinauslief. »Wollen Sie etwa andeuten, dass ich mit Simon etwas zu tun hatte?«

»Hatten Sie?«

»Nein, natürlich nicht.« Sie lächelte. »Simon und Regina, die beiden waren wirklich ein schönes Paar, auch nach so vielen Jahren. Das habe ich immer bewundert.«

»Also hätte Sie das davon abgehalten, etwas mit Simon Schmidt anzufangen? Ihre Bewunderung für die gute Ehe?«

Sie dachte einen Moment nach. »Herr Kommissar«, sagte sie dann, »ich muss Ihnen, da Sie ungefähr in meinem Alter sind, sicher nicht erzählen, dass die Abende verdammt lang sein können, wenn man alleine ist. Doch ich würde niemals auf den Gedanken kommen, eine Ehe zu zerstören. Es gibt genug alleinstehende Männer, denen ich den Kopf verdrehen könnte.«

Guntram sah plötzlich ihre vollen roten Lippen und das Funkeln ihrer dunklen Augen. In der Frau steckte mehr, als er auf den ersten Blick gedacht hatte. Und sie hatte etwas zu verbergen. Sie war so eine, der man alles zutraute. Er beschloss, jetzt nicht nach dem Kinderwagen und dem vermeintlichen Enkelkind zu fragen. Besser, er hob sich diese Trumpfkarte für später auf, wenn er mehr über sie in Erfahrung gebracht hatte.

»Da haben Sie sicher recht«, sagte er stumpf, »doch manchmal, da ergeben sich Dinge einfach so, die man dann nicht mehr steuern kann.«

»Kann sein«, sagte sie und schaltete wieder auf nette Nachbarin, weil sie spürte, dass sie mit derlei Anspielungen bei ihm auf Granit biss. »Doch bei Simon und mir, da lief so etwas nicht, das können Sie mir ruhig glauben.«

»Und andere Frauen? Ist Ihnen da etwas aufgefallen, das uns in dem Fall weiterhelfen könnte?«

»Sie meinen, ob er eine Affäre hatte?« Sie lehnte sich auf ihrem Stuhl zurück und spielte an dem Henkel ihres Kaffeebechers herum. »Ehrlich gesagt, ich kann es mir nur schwer vorstellen. Wie gesagt, Regina und Simon, sie waren wirklich ein Paar, das sich noch geliebt hat. Er hat ihr jede Woche einen Blumenstrauß mitgebracht, einfach so.«

»Manche Männer tun das, weil sie ein schlechtes Gewissen haben«, holte Guntram den Klassiker hervor.

»Sicher«, sie lachte, »das wissen wir doch alle. Aber bei Simon war das anders. Er hat Regina wirklich geliebt, das können Sie mir glauben. Er wusste, was er an ihr hatte und hat es ihr gezeigt.«

»Okay. Danke für den Kaffee, ich werde mich dann mal auf den Weg machen.«

»Sie haben kaum davon getrunken«, sagte sie mit Blick auf seinen Becher. »Aber jetzt ist er kalt.«

Guntram erhob sich vom Stuhl und ging Richtung Tür.

»Kommen Sie gerne wieder, wenn Sie noch weitere Fragen haben«, hörte er Brunhilde hinter sich sagen.

Oh, das werde ich, dachte er, und dann erzählst du mir, was es mit dem Kinderwagen auf sich hat.

»Das mache ich«, sagte er und drehte sich zu ihr um. »Und Sie melden sich bitte in der Dienststelle, falls Ihnen doch noch etwas einfällt, was Simon Schmidt betrifft.«

»Natürlich«, sagte sie und brachte ihn zur Tür.

Erst, als er auf dem Gehweg war, ging endlich die Tür zu. Guntram beschloss, später am Abend, wenn es dunkel war, noch einmal zurückzukommen.

Zurück im Dienst

Katrin und Tina tranken Kaffee, als Guntram in die Dienststelle zurückkam.

»Es hat geklappt, Paps«, sagte Tina, »ich darf wieder arbeiten.«

»Hm«, brummte er.

»Das ist doch toll«, pflichtete Katrin bei, »ich kann mir sehr gut vorstellen, dass einem irgendwann die Decke auf den Kopf fällt.«

»Sicher«, sagte Guntram und setzte sich auf einen freien Stuhl. »Ich war gerade bei der Witwe und der Nachbarin.«

»Und?«, fragte Katrin.

»Die Nachbarin ist mir suspekt«, fuhr er fort. »Ich denke, ich werde heute Abend nach Einbruch der Dunkelheit noch einmal bei ihr ums Haus schleichen.«

»Warum?«

»Nun ja, bei unserer ersten Begegnung, da stand ein Kinderwagen vor ihrer Tür. Doch heute war nichts mehr davon zu sehen.«

»Ein Kinderwagen?«

»Genau. Sie sagte damals, dass darin ihr erstes Enkelkind liegen würde. Und ich frage mich, wo es jetzt abgeblieben ist.«

»Das könnte viele Gründe haben«, meinte Katrin, »vielleicht beaufsichtigt sie es nur hin und wieder.«

»Kann alles sein. Doch wir suchen jetzt nach einer auffälligen Frau mit Kinderwagen, deshalb möchte ich sie näher unter die Lupe nehmen. Vielleicht hat sie sogar ein Verhältnis mit Simon Schmidt gehabt und ihn deshalb umgebracht.«

»Macht das Sinn?«

»Für manche schon.«

Tina sah von einem zum anderen. Sie hatte die ganze Zeit über geschwiegen und zugehört. »Solche Verbrechen finden meistens im engeren Familien- und Bekanntenkreis statt«, sagte sie, »ich meine, wenn es nicht um Bargeld und so geht.«

»Du hast recht«, stimmte Guntram zu. »Sie hat zwar geleugnet, mit Schmidt ein Verhältnis gehabt zu haben, doch das kann eine Lüge gewesen sein.«

»Und die Ehefrau? Was sagt die dazu?«, fragte Katrin.

»Sie kann es sich nicht vorstellen. Ich meine, dass er sie überhaupt betrogen hat und mit der Nachbarin sowieso nicht.«

»Wir könnten die Fingerabdrücke der Nachbarin nehmen und sie mit denen im Taxi abgleichen«, schlug Tina vor.

»Gute Idee«, sagte Guntram, »kannst du das bitte in die Wege leiten?«

Tinas Augen leuchteten, als sie »aber sicher« sagte. Sofort nahm sie sich die Ermittlungsakte vor und suchte nach der Telefonnummer von Brunhilde Brandt.

»Ich glaube, ich muss jetzt los«, sagte Katrin, »die Kinderfrau muss heute früher gehen wegen einer privaten Angelegenheit.«

»Schon gut«, sagte Guntram, »wir schaffen das hier schon.« Sein Blick wanderte zu Tina, die bereits im Gespräch war.

»Bis später«, sagte Katrin und verließ das Büro.

»Und?«, fragte Guntram, als Tina aufgelegt hatte.

»Sie weiß nicht, was das soll«, erwiderte seine Tochter, »aber sie kommt heute noch vorbei.«

»Tja, was das alles soll, werden wir dann sehen«, antwortete Guntram. »Sobald sie hier ist, werde ich zu ihrem Haus fahren und mich dort einmal umsehen.«

»Okay, keine schlechte Idee.« Tina hatte sich längst an die Vorgehensweise ihres Vaters gewöhnt und nervte ihn nicht mehr mit gesetzlichen Vorschriften.

»Es ist schön, dass du wieder an Bord bist«, sagte er, »aber wenn es dir zuviel werden sollte, dann musst du es sagen.«

»Papa, es sind nur die Beine, nicht mein Kopf.«

»Ich weiß.«

»Da ist noch was anderes«, fuhr sie leiser fort, »ich halte es bei Frau Haubrich nicht mehr aus.«

»Das verstehe ich«, erwiderte Guntram sofort, »sie kann einem ganz schön auf die Nerven gehen mit ihrer Fürsorge.«

»Ja. Ich habe irgendwie nie das Gefühl, wirklich für mich zu sein. Selbst, wenn ich in mein Zimmer gehe, also das, was sie mir zur Verfügung gestellt hat im Erdgeschoss, selbst dann kann es jederzeit passieren, dass es im nächsten Moment klopft, weil sie mir irgendetwas Gutes tun will.«

»Hast du schon einmal mit ihr darüber geredet?«

Tina schüttelte den Kopf.

»Hör mal, du musst es ihr sagen«, meinte Guntram, »du musst ihr ja keine Vorwürfe machen, sondern im netten Ton erklären, dass du auch mal deine Privatsphäre brauchst.«

»Ich glaube, das wird sie verletzen.«

»Dann ist das wirklich ihr Problem, würde ich sagen.«

»Ich habe schon überlegt, wieder in meine Wohnung zu gehen. Ich meine, irgendwie komme ich die schmalen Stufen schon nach oben.«

»Meinst du wirklich?«, fragte Guntram und sagte nicht, dass er Angst hatte, dass sie stürzen und sich schwer verletzen könnte.

»Ich könnte es wenigstens versuchen.«

Wieder ging es ihm durch den Kopf, dass sie doch einfach bei ihm und Katrin einziehen könnte. Doch wäre das wirklich die Lösung? Seine Tochter war erwachsen und musste auch irgendwann mal auf eigenen Füßen stehen.

»Wie wäre es, wenn ich mich nach einer anderen Wohnung für dich umsehe?«, fragte er vorsichtig, »also eine, die im Erdgeschoss liegt. Ohne Treppen und so.«

»Das wäre toll«, sagte Tina, »aber wie bringen wir das Frau Haubrich bei?«

»Tina, du kannst dich nicht dein Leben lang um Frau Haubrich sorgen. Sie wird schon einen Nachmieter für deine Wohnung finden, den sie verwöhnen kann.«

Beide mussten lachen.

»So, und jetzt an die Arbeit«, sagte Guntram, »hast du dir die Akte schon ganz durchgesehen?«

»Fast«, sagte Tina, »Katrin hat mir einen groben Überblick verschafft.«

»Besser ist es, wenn du dich selber nochmal damit beschäftigst«, meinte er, »nimm dir die Zeit, die du brauchst.«

»Und was machst du?«

»Ich werde mich mal in der Stadt bei den Kollegen von Schmidt umhören. Als erstes gehe ich zum Taxistand beim Bahnhof. Schreib mir bitte eine SMS, sobald die Nachbarin hier in der Dienststelle ist. Halte sie am besten nochmal in einem Gespräch kurz auf, damit ich mehr Zeit für die Ermittlungsarbeit habe.« Er zwinkerte ihr zu.

»Mach ich, Paps«, sagte Tina und es hätte in diesem Moment keinen Vater gegeben, der stolzer auf seine Tochter hätte sein können.

Katrin

Ihre Hände waren feucht, als sie vor dem weißen Schreibtisch saß und auf den Rücken des schwarzen Bildschirms starrte. Sie hatte gelogen. Wieder einmal. Sie hatte nicht nach Hause gemusst wegen des Babysitters.

Lügen waren schon zur Routine geworden. Und das machte sie verrückt. Noch verrückter, als sie sowieso schon war, dachte sie, als plötzlich die Tür aufging und der Arzt hereinkam.

»Frau Birgner«, sagte er und reichte ihr kurz die Hand, »was kann ich für Sie tun?« Es war ein Termin außer der Reihe und somit war seine Frage durchaus berechtigt. Seine Helferin hatte Katrin, als sie heute morgen angerufen hatte, dazwischengeschoben, weil sie es dringend gemacht hatte.

Und jetzt wusste Katrin nicht, was sie sagen sollte. Bestimmt gab es viele Menschen, die der Hilfe viel mehr bedurften als sie. Eigentlich ging es ihr doch gut. Sie hatte eine Tochter und einen wunderbaren Ehemann. Sicher fragte sich selbst der Arzt, was sie eigentlich hier wollte.

»Frau Birgner?«, wiederholte der Mann und sah sie durch seine filigrane Brille mit dem silbernen Rand eindringlich an. »Geht es Ihnen nicht gut?«

Sie zog die Schultern hoch.

»Aus welchem Grund haben Sie heute Morgen bei mir in der Praxis angerufen? Bitte, Sie können offen mit mir reden.«

Das sagte sich so leicht, dachte Katrin. Sie wusste ja selbst manchmal nicht, was mit ihr los war, wenn sie wieder in Panik geriet. Wenn sie unbedingt ein paar Pillen schlucken musste, um nicht komplett den Verstand zu verlieren.

»Ich schlafe schlecht«, sagte sie jetzt, um überhaupt etwas zu sagen, damit er sie endlich nicht mehr so anstarrte.

»Hm, neuerdings oder geht das schon länger so?«

»Seit ein paar Tagen«, sagte Katrin, »ich wache nachts auf und kann nicht wieder einschlafen.«

»Woran denken Sie dann?«

Sie seufzte auf. »An die Arbeit, an meine Tochter, an alles.«

»Sie sollten nicht so viel grübeln«, meinte er und lehnte sich in seinem weichen Sessel zurück.

»Das sagt sich so leicht.«

»Ja, Sie haben recht. Aber ich denke nicht, dass es hilfreich für Sie wäre, wenn Sie zusätzlich zu den Tranquilizern auch noch ein Schlafmittel einnehmen würden. Vielleicht versuchen Sie es einmal mit Meditation.

Vielen meiner Patienten verhilft das zu mehr innerer Entspannung.«

Ich bin nicht wie viele, dachte Katrin. Und sie machte ihm auch keinen Vorwurf. Was half es, wenn sie sich zudröhnte und nicht an den Ursachen für ihre Angstzustände arbeitete.

»Ich glaube nicht, dass mir das hilft«, sagte sie matt.

»Warum glauben Sie das nicht?«

Sie zog wieder die Schultern hoch.

»Ist es ihr Job? Vielleicht sollten Sie einfach mal da raus. Ich könnte eine Kur für Sie beantragen. Sie könnten Ihre Tochter mitnehmen, das wäre überhaupt kein Problem.«

Er verstand sie einfach nicht, dachte sie ernüchtert. Sie brauchte keinen Urlaub. Sie wollte nicht von Zuhause weg. Sie wollte einfach nur, dass dieses miese Gefühl, dass sie immer öfter am Tag beschlich, endlich aufhörte. Ganz tief in ihr drinnen, da tat etwas höllisch weh und zerrte an ihr. Wie sollte sie das denn beschreiben?

»Was denken Sie, Frau Birgner, wäre das eine Alternative für Sie?«

Katrin bemerkte, dass er heimlich auf seine Uhr sah. Sicher, die nächsten Patienten, denen es vielleicht noch mieser ging, warteten schon.

»Nein«, sagte sie matt, »ich möchte keine Kur.«

»Dann schlage ich Ihnen eine ambulante Psychotherapie vor. Ich könnte Ihnen ein paar Kollegen vorschlagen, die Ihnen sicher weiterhelfen können.«

Er will mich einfach nur loswerden, dachte Katrin und machte komplett dicht.

»Ja, sicher«, sagte sie, »das wäre gut.«

»Okay«, sagte er erleichtert und tippte etwas in seinen PC. »Meine Helferinnen werden Ihnen eine Liste mitgeben und ich schreibe Ihnen eine Verordnung für eine Therapie aus.«

Katrin erhob sich und er stand ebenfalls auf und reichte ihr die Hand.

»Alles Gute für Sie«, sagte er und lächelte.

Du mich auch, dachte Katrin.

Als sie draußen im Wagen saß, liefen Tränen über ihr Gesicht. Sie wusste gar nicht, warum sie eigentlich weinte. Es passierte einfach.

Taxi

»Moin«, sagte Guntram und stellte sich lässig neben den Mann, der in etwa seinem Alter war und an seinem Taxi lehnte.

»Bulle, oder?«

Guntram nickte. »Woran haben Sie das erkannt?«

Der Mann zog die Schultern hoch.

»Es geht um Simon Schmidt. Sie haben ihn gekannt?«

Der Mann nickte. »Sicher. Er war ja auch immer hier. Schlimme Sache, was ihm passiert ist.«

»Stimmt.«

»Sie haben den Täter wohl noch nicht?«

»Nein, leider nicht. Was können Sie mir zu Simon Schmidt sagen?«

Der Mann steckte die Hände in die Taschen. »Er war ein feiner Kerl.«

»Hm.«

»Mit ihm konnte man über alles reden.«

»Worüber haben Sie denn so geredet?«

»Na ja, den ganzen Kram eben, wie das so ist, wenn man hier steht und auf den nächsten Fahrgast wartet.«

»Auch über sein Privatleben? Ich meine, seine Ehe und so?«

Der Mann sah ihn schräg von der Seite an. »Ich weiß, worauf Sie hinauswollen, aber der Simon, der war nicht so einer. Der hat seine Frau nicht betrogen.«

Guntram spürte, dass dieser Mann hier sich schon mehr Gedanken zu der Sache gemacht hatte.

»Wie kommen Sie darauf, dass ich das denke?«

»Na, ist doch klar. Nach allem, was man so hört, da wurde nichts geklaut. Aus dem Taxi von Simon, meine ich. Und wenn man ihn nicht ausrauben wollte, dann muss es doch wohl einen anderen Grund geben. Und das nächste, was mir da einfällt ist, dass er seine Frau bescheißt.«

»Machen Sie das?«

»Ich?«

»Ja.«

»Nein.«

»Und deshalb denken Sie, dass auch Simon sowas nicht gemacht hat?«

»Er war einfach nicht so einer«, sagte der Mann. »Es gibt hier genug Typen, die ständig was am Laufen haben, wenn sie nachts fahren. Doch Simon, nein, da würde ich meine Hand für ins Feuer legen. Ich habe seine Frau auch mal kennen gelernt, als wir uns zufällig in der Stadt getroffen haben. Also, die würde ich auch nicht betrügen.«

»Wie gut kennen Sie Regina Schmidt denn?«, fragte Guntram jetzt hellhörig geworden. War es vielleicht auch möglich, dass Simon Schmidt einfach aus dem Weg geräumt werden musste, damit sie mit ihrem Liebhaber glücklich werden konnte?

»Wie gesagt, ich kenne sie nicht. Meine Frau und ich, wir sind den beiden mal in der Stadt beim Shoppen begegnet, mehr nicht.«

»Ist Ihnen in der letzten Zeit, wenn Sie unterwegs waren, mal eine Frau mit Kinderwagen aufgefallen?«, wechselte Guntram jetzt das Thema.

Der Mann stutzte kurz. »Ich glaube nicht«, sagte er dann.

»Denken Sie in Ruhe darüber nach, es könnte wirklich wichtig sein. Eine Frau mit Wollmantel und dicker Mütze. Auch zu Zeiten, wo man sich fragen würde, warum sie jetzt noch draußen unterwegs ist. Zum Beispiel sehr früh am Morgen oder später am Abend.«

Der Mann dachte angestrengt nach. »Nein, so ohne weiteres kann ich nichts dazu sagen«, wiederholte er. »Aber wenn Sie wollen, dann halte ich mal Augen und Ohren offen.«

»Das wäre nett.« Guntram reichte ihm seine Visitenkarte, für den Fall, dass ihm jemand Auffälliges, auf den die Beschreibung passte, über den Weg lief. »Gab es neben Ihnen noch andere Kollegen, mit denen Simon Schmidt sich besonders gut verstanden hat?«

»Hm, der Axel vielleicht. Der steht da vorne zwei Wagen weiter. Und vielleicht noch Olaf, aber der ist zurzeit unterwegs.«

»Danke«, sagte Guntram, »und wie gesagt, melden Sie sich bei mir, auch, wenn Sie glauben, dass es nicht so wichtig ist.«

»Mach ich«, sagte der Mann und stieg in sein Taxi, weil ihm langsam kalt geworden war.

Guntram klopfte bei Axel an die Scheibe auf der Beifahrerseite, die augenblicklich heruntergefahren wurde. »Polzei Leer«, stellte er sich vor, »können wir uns kurz über Ihren Kollegen Simon Schmidt unterhalten?«

Der Fahrer nickte und Guntram stieg ein.

Auch dieser Mann war nicht enger mit Schmidt befreundet gewesen und seine Angaben deckten sich im Groben mit dem, was Guntram eben schon gehört hatte. Sie waren Kollegen und unterhielten sich zu Leerlaufzeiten über dieses oder jenes. Doch ob Simon Schmidt ein Verhältnis gehabt hatte, konnte auch er nicht beantworten.

Guntram stieg aus und lief Richtung Mühlenstraße. Warum, das hätte er in diesem Moment gar nicht sagen können. Vielleicht hoffte er, dass ihm eine Frau mit Kinderwagen begegnete.

Als er auf Höhe des Kinos war, wo er sich gerade die neuesten Plakate ansah, ohne sie wirklich zu registrieren, kam endlich die SMS von Tina. Brunhilde Brandt war in der Dienststelle und gab ihre Fingerabdrücke ab.

Schnell lief Guntram wieder zu seinem Wagen, der beim Zollhaus stand, und fuhr zu ihrem Haus.

Es war schon fast dunkel, als er nicht weit davon entfernt parkte. Er sah sich um, niemand schien ihn zu registrieren. Im Haus von Regina Schmidt brannte Licht. Wahrscheinlich bereitete sie gerade das Abendbrot für sich vor. Er beschloss, noch bei ihr vorbeizugehen, wenn er mit der Recherche bei Brunhilde Brandt fertig war.

Er ging um das Haus herum, in dem es dunkel war. Die Jalousien waren noch nicht heruntergelassen, doch drinnen konnte er nicht viel erkennen. Aber darum ging es ihm auch nicht. Er wollte wissen, was sie in ihrem Schuppen versteckte. Und er hatte Glück. Die Tür ließ sich mühelos öffnen. Sie rechnete wohl nicht mit dem Schlechten ihrer Mitmenschen. Guntram zog seine Taschenlampe raus und leuchtete alles ab. Ein altes Fahrrad, eine Mülltonne, alles Mögliche an Krempel auf einem Haufen, der ihm nichts sagte. Doch das Wichtigste war, dass es hier keinen Kinderwagen gab. Darauf hatte er insgeheim gehofft. Wenn sie die große Unbekannte war, die nachts damit um die Häuser schlich, dann musste er hier oder im Haus irgendwo zu finden sein.

Für einen Moment spielte er mit dem Gedanken, die hintere Tür aufzubrechen und auch das Haus zu untersuchen. Von einem hellen Licht, das beim nächsten Haus plötzlich aufflammte, wurde er aufgehalten. Für heute ließ er es gut sein. Am besten, er kreuzte noch einmal mit Katrin oder Tina hier auf, um so noch einmal ins hintere Haus zu gelangen.

Als das Licht wieder erlosch, ging er wieder vorne vors Haus, wo niemand zu sehen war. Dann klingelte er bei Regina Schmidt.

»Herr Kommissar?« Sie sah automatisch zur Uhr.

»Ich weiß, dass es schon spät ist«, sagte Guntram, »aber dürfte ich trotzdem noch einmal reinkommen?«

»Sicher.«

Sie schloss die Tür hinter ihm und führte ihn in die Küche, wo ein Teller mit zwei Broten und ein Becher mit Tee standen.

»Ich werde Sie auch nicht lange aufhalten«, versprach er.

»Schon gut«, sagte sie, »es ist nicht einfach, so alleine im Haus zu sein.«

»Das verstehe ich.«

»Warum kommen Sie denn heute noch einmal zu mir? Gibt es Neuigkeiten?«

»Im Grunde genommen nicht«, gab er zu, »ich habe heute mit den Kollegen Ihres Mannes am Taxistand gesprochen. Einige von denen kennen Sie ja auch wohl.«

»Hm, kann sein. Wir haben da mal jemanden in der Stadt getroffen. Aber an den Namen kann ich mich nicht mehr erinnern.«

Das deckte sich mit der Aussage.

»Frau Schmidt«, sagte Guntram, »ich habe Ihnen ja die Frage gestellt, ob Sie sich vorstellen können, dass Ihr Mann Sie betrogen hat.«

Sie nickte. »Meine Antwort darauf kennen Sie auch.«

»Richtig. Aber ich muss Sie jetzt fragen, wie es mit Ihnen ist?«

»Mit mir?« Plötzlich wirkte sie alarmiert.

»Ja. Wie ist es mit Ihnen? Haben Sie ein Verhältnis mit einem anderen Mann?«

Guntram hatte mit allem möglichen gerechnet, was jetzt passieren würde. Aber was dann kam, überraschte ihn. Nach einem kurzen Moment des Verarbeitens des Gehörten platzte Regina Schmidt förmlich vor Lachen. Und sie hörte gar nicht mehr auf.

»Herr Kommissar«, brachte sie gequält hervor, »das ist nicht ihr Ernst, oder? Oh mein Gott, ich sitze hier und weiß nicht mehr, wie ich die nächsten Stunden überleben soll, weil mein geliebter Simon nicht mehr da ist. Und da kommen Sie mir mit so einer Frage? Wenn es nicht so traurig wäre, ja, dann könnte man wirklich darüber lachen.«

Das haben Sie ja ausreichend getan, dachte er irritiert.

»Denken Sie, dass das wirklich ein Grund zum Lachen ist?«, fragte er. »Nun, für mich sind solche Fragen sehr ernst, denn ich habe den Mord an Ihrem Mann aufzuklären.«

»Tut mir leid«, sagte sie kleinlaut. »Es war nur so verrückt, dass Sie so etwas fragen. Ich habe noch nie darüber nachgedacht, Simon zu betrügen, wissen Sie.«

»Meistens plant man so etwas nicht. Es passiert einfach. Man lernt jemanden kennen und plötzlich wird dieser Mensch ganz wichtig für einen, vielleicht ohne, dass man es wirklich merkt oder auch wünscht.«

»Das haben Sie sehr schön umschrieben«, sagte Regina, »aber mir ist so jemand nie begegnet. Ich habe Simon wirklich geliebt. Und er hat mich geliebt. Es kann sein, dass das für Sie unglaubwürdig klingt, aber so ist es nun einmal.«

Er sah in ihren Augen, dass es ihr ernst war.

»Frau Schmidt, ist Ihnen in der letzten Zeit eine Frau mit Kinderwagen aufgefallen, die hier in der Gegend unterwegs war?«

Irritiert sah sie ihn an, weil sie den Themenwechsel nicht verstand.

»Es könnte sich um eine Verdächtige handeln, mehr kann ich dazu im Moment nicht sagen«, fuhr er fort. »Eine Frau mittleren Alters. Mit Mantel und Wollmütze. Auch zu Zeiten, wo man eigentlich keine Frau mit Kinderwagen erwartet, weil es Winter ist. Frühmorgens oder auch in den Abendstunden.«

Sie dachte angestrengt nach. »Ehrlich gesagt bin ich zu solchen Zeiten auch selten auf der Straße unterwegs«, sagte sie dann, »es sei denn ich komme gerade von der Arbeit oder gehe los. Aber meistens bekomme ich dann gar nicht mit, wer hier gerade die Straße entlanggeht. Da bin ich mit meinen Gedanken immer schon bei der Arbeit, wissen Sie.«

Sie schien sich dafür entschuldigen zu wollen, dass sie keine bessere Zeugin abgab. Guntram beschloss, sie für heute in Ruhe zu lassen und verabschiedete sich.

Draußen vor der Tür sah er dann das Licht in dem Haus von Brunhilde Brandt angehen. Es wurde Zeit, dass er wieder in die Dienststelle kam.

Tina saß noch immer an seinem Schreibtisch und wartete voller Ungeduld auf ihn.

»Paps, da bist du ja endlich«, sagte sie, als er die Tür öffnete.

»He, du bist noch hier?«

»Klar. Ich hab die Brandt hier so lange wie möglich aufgehalten. Sie hat mir vieles erzählt, aber eigentlich nichts gesagt, wenn du verstehst.«

»Klar verstehe ich«, sagte Guntram und setzte sich zu ihr an den Schreibtisch. »Ich bin bei ihr hinterm Haus im Schuppen gewesen, Fehlanzeige. Ich muss nochmal ins Haus, du könntest mitkommen, und sie ablenken, während ich da mal alles unter die Lupe nehme.«

»Klingt gut«, sagte Tina. »Morgen?«

»Mal gucken, aber ich glaube, das wäre zu auffällig, wenn ich morgen schon wieder da aufkreuze. Lass mal ein paar Tage vergehen.«

»Du könntest sie überwachen lassen. Vielleicht zieht sie ja spätabends wieder mit einem Kinderwagen los.«

»Tja, das wäre toll, aber dafür werde ich keine Leute bekommen. Du kennst ja die klamme Situation. Und außerdem gibt es keinen hinreichenden Tatverdacht, weil sie nicht in direkten Zusammenhang mit dem Mord an Schmidt gebracht werden kann. Theoretisch könnte ich jeden überwachen lassen, wird man mir unter die Nase reiben.«

»Stimmt«, seufzte Tina. »Und wenn ich mich da ...«.

»Auf gar keinen Fall«, wiegelte er sofort ab. »Ich werde dich gleich nach Hause in die Höhle des Löwen bringen.«

Sie wusste, dass er Frau Haubrich meinte und grinste. »Weißt du was, ich habe noch einmal darüber nachgedacht. Ich möchte da nicht ausziehen. Aber ich werde versuchen, trotz meiner Krücken, wieder nach oben in meine Wohnung zu kommen. Und wenn ich jede Stufe auf dem Hintern nehmen muss, aber ich möchte meine Privatsphäre zurück haben. Und irgendwann, da brauche ich die Krücken ja vielleicht auch gar nicht mehr. Ich kann doch jetzt noch nicht in eine Seniorenwohnung ziehen.«

»Schon gut, ich verstehe dich ja. Du bist ein junger Mensch. Und sicher, warum sollte das nicht gehen, ich meine, die Sache mit dem Hintern.«

Er biss sich auf die Unterlippe und starrte auf die Akten.

»Wenn du noch arbeiten willst, dann kann mich auch einer der Kollegen nach Hause fahren«, schlug sie vor.

»Glaubst du wirklich ... aber ich fahre dich natürlich gerne«, murmelte Guntram.

»Quatsch Paps, ich frag den Michael, der mir sowieso noch einen Gefallen schuldet.« Sie zog ihre Jacke über und ging zur Tür.

»Bis morgen, Tina«, rief er ihr nach, während er schon an seinem Schreibtisch Platz nahm. Er hatte sich noch viel zu wenig mit den Zeitungsschnipseln über die Unfälle, die Simon Schmidt gesammelt hatte, beschäftigt.

Sarah

Es hieß ja, dass Kinder Antennen dafür hätten, wenn es ihren Eltern nicht gut ging.

Sarah holte ihre liebste Puppe und setzte sich damit zu Katrin auf den Schoß, die, seitdem sie nach Hause gekommen war, still in einem Sessel im Wohnzimmer saß.

Die Kinderfrau, die etwas früher als sonst nach Hause gegangen war, hatte Sarah noch mit einem Essen versorgt und sich über das Verhalten von Katrin gewundert, aber nichts gesagt.

»Mama«, sagte Sarah und strich Katrin übers Gesicht, »wollen wir was spielen?«

Katrin sah ihre Tochter an, als sähe sie sie zum ersten Mal.

»Sarah ...«.

»Mama? Was hast du?«

Das Kind schien zu spüren, dass etwas nicht in Ordnung war. Auch ihre Puppe konnte in diesem Moment nicht weiterhelfen.

»Alles gut«, murmelte Katrin und schob Sarah sachte von ihrem Schoß. »Mama muss sich jetzt um das Essen kümmern.«

Die Kleine, die eben von der Kinderfrau versorgt worden war, dachte, dass es wohl um das Essen für ihre

Mama und Jochen gehen musste. Sie setzte sich auf den Boden und spielte mit Betsy.

Katrin, die im Türrahmen stehen geblieben war, sah auf das Mädchen. Es kam ihr plötzlich völlig fremd vor. Und dabei war es doch ihre Tochter. Sarah. Sie wurde bald schon drei Jahre. Katrin fragte sich, wo die Zeit geblieben war. Woran erinnerte sie sich noch? Da war nicht viel. Die Zeit, sie verging wie im Flug. Bald würde sie selber vierzig werden. Das klang plötzlich uralt. Was geschah nur mit ihr?

»Mama?« Sarah hatte die Puppe zur Seite gelegt und sah ihre Mutter, die immer noch da stand, fragend an.

Katrin antwortete nicht, sondern ging in die Küche. Sie konnte den Anblick des Kindes jetzt einfach nicht mehr ertragen.

Guntram hatte den Ordner mit den Zeitungsartikeln vor sich liegen und blätterte darin herum. Diese ganzen Unfälle. Er verstand einfach nicht, warum ein Mann wie Simon Schmidt so etwas gesammelt hatte. War es Sensationslust? Alle Wagen auf den Fotos waren schwer beschädigt, einige waren frontal in einen Baum gerast. Es war nicht schwer zu erraten, dass der Fahrer oder die Fahrerin nicht mehr lebend aus dem Wagen herausgekommen war. Es war unmöglich, dass Simon

Schmidt all diese Unfallopfer persönlich gekannt haben konnte. Sie kamen nicht aus der gleichen Gegend, soviel hatte Guntram schon herausgefunden. Die Unfälle streckten sich über den Großraum Ostfriesland. Vom Zeitraum her waren es Unfälle der etwa letzten drei bis vier Jahre. Warum hatte Simon Schmidt 2015 mit diesem abstrusen Hobby angefangen? Vielleicht hatte es ein Schlüsselerlebnis gegeben. Darüber würde er noch einmal mit der Witwe sprechen müssen. War er vielleicht zu der Zeit mit dem Taxifahren angefangen? Aber auch das erklärte nicht, warum er sich plötzlich so für Unfälle interessierte. Und wieso hatte er seiner Frau nichts davon erzählt. Oder log Regina Schmidt ihn in dieser Hinsicht an? Das wäre durchaus möglich. Was war, wenn sie beide in einen Unfall mit tödlichem Ausgang verwickelt gewesen waren und Simon das Ganze dadurch verarbeitete, indem er alle Berichte darüber aus der Zeitung ausschnitt? Was hatte ihm das gebracht? Guntram wusste es einfach nicht und das machte ihn mürbe. Er sah auf die Uhr. Es war fast acht. Er fand es komisch, dass Katrin sich noch gar nicht wegen des Abendbrots gemeldet hatte.

Er packte den Ordner in die Schublade und machte sich auf den Weg nach Hause.

Gleich, als er kurz darauf aus dem Wagen stieg, hörte er einen Hund bellen. War das Whisky? Tatsächlich. Das

Bellen kam aus seinem Garten. Wieso war der Hund um die Zeit noch draußen und machte diesen Lärm?

Mit gemischten Gefühlen schloss Guntram die Haustür auf.

»Katrin?«, rief er, »bist du da?«

Keine Antwort.

Whisky bellte noch immer und Guntram ging ins Wohnzimmer, um ihn ins Haus zu lassen. Da sah er plötzlich Sarah auf dem Teppich liegen.

»Sarah!«, rief Guntram aus und beugte sich über das Mädchen. Ihre Hände waren eiskalt. Dann schlug das Kind die Augen auf.

»Mama«, murmelte Sarah und rieb sich durchs Gesicht. Ihre Puppe hielt sie immer noch im Arm.

»Wo ist Mama?«, fragte Guntram und dachte, mein Gott, was ist hier bloß los.

»Weiß nicht«, sagte Sarah und gähnte.

»Warte, ich bring dich ins Bett.«

Er nahm das Mädchen auf den Arm und ließ dann Whisky herein, der die Szene durch das Fenster schwanzwedelnd beobachtet hatte.

Gemeinsam liefen sie nach oben in Sarahs Zimmer, wo Guntram dem Kind die Kleider bis auf die Unterwäsche auszog und sie ins Bett legte. Whisky sprang auf die Bettdecke und Guntram schimpfte dieses Mal nicht.

Er machte sich Sorgen um Katrin. War sie gar nicht Zuhause. Wieso hatte sie Sarah alleine gelassen? Er drückte Sarah einen Kuss auf die Stirn.

»Schlaf gut, meine Kleine«, sagte er.

»Mama«, murmelte Sarah und schlief auch schon wieder ein.

Guntram lehnte die Tür zum Kinderzimmer nur an und ging dann weiter zum Schlafzimmer. Als er das Licht einschaltete, war das Bett unbenutzt.

Als nächstes ging er ins Badezimmer. Zumindest hatte er es vor. Doch die Tür war von innen verschlossen.

»Katrin? Bist du da drin?«

Keine Antwort.

»Katrin!«, rief er noch einmal und wurde langsam panisch. Vielleicht war sie gestürzt und lag ohnmächtig auf dem kalten Boden.

»Ja«, hörte er plötzlich eine Stimme, »was ist denn los?«

»Katrin, bist du da drinnen?«

»Ja, aber was ist denn los?«

»Was los ist? Kannst du bitte mal aufmachen, damit wir reden können.«

Er hörte, wie sie aus der Wanne stieg. Kurz darauf ging die Tür auf.

»Ich hab nur ein Bad genommen«, sagte Katrin, die nur ein schmales Handtuch um sich geschlungen hatte.

»Du hast gebadet?«, fragte Guntram fassungslos. »Und was ist mit Sarah? Die Kleine ist im Wohnzimmer auf dem Fußboden eingeschlafen. Weißt du eigentlich, wie spät es ist? Hatte sie überhaupt etwas zu essen?«

»Ich weiß nicht«, sagte Katrin plötzlich unsicher.

»Du weißt es nicht? Und warum war Whisky ausgesperrt? Katrin, was ist hier eigentlich los?«

Sie fuhr sich durch die nassen Haare, das Handtuch fiel von ihr ab. Sie bückte sich danach. Guntram griff nach dem Bademantel und reichte ihn hier.

»Hier, zieh den erst einmal über. Wir sollten unten weiterreden.«

»Ich lass nur noch das Wasser raus«, sagte sie, »ich komme gleich.«

»Ist gut«, raunte Guntram und ging mit gemischten Gefühlen ins Erdgeschoss.

Dort schenkte er sich einen Whisky ein, den brauchte er jetzt wirklich auf den Schrecken. Er hatte im ersten Moment gedacht, dass Sarah tot sei. Sein Herz war praktisch stehen geblieben. Katrin musste ihm jetzt wirklich eine verdammt gute Erklärung dafür liefern.

»Hallo Schatz.« Katrin legt von hinten die Arme um ihn herum, er hatte sie gar nicht kommen hören. »Schenkst du mir auch einen ein?«

Er wehrte ihre Hände ab und drehte sich zu ihr um.

»Was ist mit dir los?«, fragte er und sah sie eindringlich an. Sie sah verdammt gut aus mit ihren halbnassen Haaren und den roten Wangen. Sie hatte sich nur eine Boxershorts und ein Shirt übergezogen. Er sah, dass sie darunter nichts trug.

»Ich weiß nicht, was du meinst«, sagte sie und setzte sich aufs Sofa, ihre Beine baumelten über der Lehne.

Ja, es hatte Zeiten gegeben, da wäre er jetzt über sie hergefallen. Doch er hielt sich zurück. Er schenkte ihr stattdessen einen Whisky ein, gab ihr das Glas und setzte sich auf den Sessel.

»Es tut mir leid, dass ich so spät nach Hause gekommen bin«, versuchte er es andersherum. Vielleicht wurde sie dann ja gesprächiger.

»Ach, nicht so schlimm. So hatte ich noch Zeit, mich in die Wanne zu legen.«

»Du hast Whisky vorher wohl noch nach draußen gelassen und ihn dann dort vergessen.«

»Oh ja? Das kann sein, tut mir leid.«

»Und Sarah. Wieso hast du sie denn vorher nicht ins Bett gebracht? Die Kleine ist auf dem Teppich hier eingeschlafen.« Er zeigte demonstrativ auf den Boden.

»Das ...«, Katrin rang das erste Mal um eine Antwort. »Ich weiß nicht, ich hab sie wohl hier unten vergessen. Ich dachte, ich hätte sie ins Bett gebracht ... vielleicht ist sie ja auch wieder aufgestanden und nach unten gegangen. Sie wird ja älter.«

Guntram dachte ernsthaft darüber, ob das stimmen könnte. Doch es sprach vieles dagegen. Der ausgesperrte Hund und dann das Kind, das noch völlig angezogen war. Nein, Katrin hatte sie nicht zu Bett gebracht und war dann ins Badezimmer gegangen. Sie hatte ihr Kind schlicht und einfach hier unten vergessen. Das konnte eine Erklärung sein. Aber warum war das passiert? Stimmte etwas mit seiner Frau nicht?

»Was hast du denn überhaupt so lange in der Dienststelle gemacht?«, wechselte sie jetzt das Thema.

»Ach, ich hab mich mit den Zeitungsausschnitten beschäftigt, die Simon Schmidt gesammelt hat.«

»Tatsächlich? Worum geht es denn dabei? Todesanzeigen?« Sie grinste.

Nein, etwas stimmte mit Katrin ganz und gar nicht. Er erkannte sie kaum wieder. Er wollte diesen Gedanken nicht denken, doch es kamen ihm Drogen in den Sinn. Ob sie etwas eingenommen hatte?

»Nein, keine Todesanzeigen«, sagte er trocken. »Er hat doch die Berichte von Autounfällen gesammelt. Ich glaube, das hatte ich schon mal erwähnt.«

»Oh, kann sein, dann muss ich es wohl vergessen haben.«

Sie stellte ihr leeres Glas auf den Tisch.

»Kann ich noch einen haben?«

Konnte er es ihr verbieten?

»Sicher«, sagte er zögernd, »aber ich könnte uns auch einen Wein holen.«

»Du hast recht, ein Wein ist viel besser. Soll ich uns noch ein paar Käsewürfel dazu schneiden. Wir könnten dann einen schönen Film zusammen gucken.«

Er nickte. Sie machte ihm Angst. Warum ging sie nicht auf seine Fragen ein und wich ihm aus. Es war, als hätte er eine völlig fremde Frau neben sich.

Nach dem ersten Glas Wein reckte Katrin sich, während er stocksteif neben ihr saß und auf den Fernseher starrte. Er wusste nicht, was da lief. Immer wieder sah er verstohlen neben sich.

»Ich glaube, ich geh jetzt ins Bett, vom Baden werde ich immer so müde. Bleib nicht zu lange auf, morgen wird sicher wieder ein anstrengender Tag.«

»Gute Nacht«, sagte er, als sie zur Tür ging. Als er hörte, wie sie die Treppen emporstieg, schaltete er den Fernseher aus.

Eine halbe Stunde wartete er, bis er sicher war, dass sie nicht wieder nach unten kommen würde. Dann begann er, in ihrer Tasche nach etwas zu suchen, wobei er nicht genau wusste, wonach. Es fand alles Mögliche, aber nichts, was ihren Zustand hätte erklären können.

Schließlich stieg auch er die Stufen hinauf und ging ins Bad. Er stand vor dem Badezimmerspiegel. Die linke Seite war ihre und er hatte noch nie dort hineingesehen, fiel ihm auf. Es kam ihm wie Verrat vor, doch er musste wissen, was darin war. Es war doch jetzt sowieso alles egal, wo er schon ihre Tasche durchsucht hatte. Auch das hatte er vorher noch nie gemacht.

Er schob seinen Finger unter den Rand der weißen Tür und zog sie auf. Aspirin, Tampons, irgendwelche Pads und eine Nagelfeile. Aber nichts, was nach Drogen aussah. Guntram atmete erleichtert aus. Und doch stand noch die Frage im Raum, warum Katrin so merkwürdig drauf gewesen war.

Er putzte sich die Zähne und sah dabei in den Spiegel. Etwas geschah mit seiner kleinen Familie und er wusste nicht, wie er es stoppen sollte.

Ihm fiel ein, dass sie kürzlich beim Chinesen auch so guter Laune gewesen war. Da hatte er sich noch darüber gefreut, dass sich alles wie früher anfühlte. War sie doch so oft gereizt und ungerecht. Doch das heute Abend, das war irgendwie anders. Katrin war nicht mehr sie selbst gewesen, sondern spielte eine Rolle. Ja, so konnte man es nennen. Sie spielte ihm vielleicht etwas vor. Aber warum tat sie das? Nein, das konnte einfach nicht die Erklärung dafür sein, warum sie ihre kleine Tochter unten im Wohnzimmer vergaß. Er musste sie im Auge behalten.

Enemenemuh

Kann ich etwas dafür? Nein. Es ist nicht meine Schuld. Jedem könnte man die Schuld dafür geben, doch nicht mir.

Manchmal, wenn ich abends alleine in meinem Wohnzimmer sitze, dann stelle ich mir vor, du wärst bei mir. Es ist schön, dein Gesicht zu sehen, wenn es lächelt. Du bist so ein fröhlicher Mensch. Viel fröhlicher, als ich es jemals war. Na ja, vielleicht war ich es einmal. Doch das ist jetzt schon lange vorbei. Man erinnert sich nicht mehr an die schönen Dinge, wenn man einmal das Böse kennen gelernt hat. Dann ist die Welt plötzlich so dunkel. Nirgends ein Licht, das einem wieder den Weg auf die Sonnenseite des Lebens weisen würde.

Ich lebe jetzt in einer dunklen traurigen Welt. Aber eben manchmal, da sehe ich das Licht, wenn du bei mir bist. Wenigstens in Gedanken.

Es gibt da diesen Spruch, den ich oft von meiner Großmutter und weiß Gott wem gehört habe, bis ich es endlich glaubte. Zeit heilt alle Wunden. Heute weiß ich, dass es nicht stimmt. Mein Herz hat einen Riss. Und das wird immer so bleiben. Ich fühle es jeden Tag, dass es nicht mehr funktioniert. So richtig, meine ich. Es schlägt zwar, doch ich fühle nichts mehr. Außer Schmerz, wenn ich ihn zulasse. Doch das tue ich nicht mehr oft. Ich atme ein und atme aus. Mein Leben lebt sich von selber. Unbeteiligt stehe ich neben mir und sehe mir dabei zu, wie ich den Tee koche, die Küche putze oder einkaufen gehe.

Sicher denken alle, dass etwas mit mir nicht stimmt, wenn sie mich mit schrägem Blick mustern. Vielleicht haben sie ja recht. Es stimmt etwas nicht mit mir. Ich bin nur noch halb da. Der andere Teil von mir, der ist mit dir gestorben.

Die Kerze auf dem Tisch, die brennt langsam herunter. Es wird Zeit, ins Bett zu gehen. Doch ich bin noch gar nicht müde. Vielleicht sollte ich das Buch, in dem du immer so gerne gelesen hast, noch einmal hervorholen. Diese eine Geschichte, die dir immer so gut gefallen hat. Es ist schon so lange her, dass ich meine Stimme gehört habe, wenn sie von dem kleinen Bauernhof und den Kindern erzählt, die dort spielen. So hast du auch einmal gespielt. Du warst so fröhlich, wenn du über das Feld gelaufen bist. Die Hühner, du hast sie immer gejagt, ihnen aber nie etwas getan.

Warte, ich höre etwas. Ich lausche. Die Kerze flackert wild und kämpft um den letzten Willen, doch noch am Leben zu bleiben. Dann erlischt sie sachte. Es wird dunkel. Ich höre noch immer etwas. Ich halte den Atem an. Sie sind wieder da, diese Stimmen. Sie wollen, dass ich es vollende.

Der Kinderwagen

Am nächsten Morgen schien alles vergessen. Guntram stand als erstes auf und Katrin räkelte sich, bevor sie sich noch einmal umdrehte. Hatte er den letzten Abend vielleicht nur geträumt, fragte er sich und schlug sich im Badezimmer kaltes Wasser ins Gesicht.

Sarah brabbelte bereits etwas, als er an ihrem Zimmer vorbeikam. Whisky lag noch immer auf ihrer Bettdecke. Eigentlich gefiel es ihm nicht. So ein Hund, der brachte auch immer Dreck mit ins Haus. Doch jetzt sah er es plötzlich mit anderen Augen. Der Hund konnte für Sarah noch einmal sehr wichtig werden und sie beschützen.

»Guten Morgen, meine Kleine«, sagte er durch den Türspalt, »ich mache jetzt das Frühstück.«

»Pfaaaaannkuuuuchen«, brabbelte Sarah und kicherte. Whisky leckte ihr gerade übers Gesicht.

»Sicher, Pfannkuchen«, antwortete Guntram und stieg die Stufen ins Erdgeschoss nach unten. Eigentlich bin ich zu alt für sowas, dachte er bei sich. Mit fast sechzig, da sollte man jetzt langsam an die Rente denken und vielleicht in wärmere Gefilde auswandern. Ging es Katrin ähnlich? War sie nicht glücklich mit ihm? Sie war noch nicht einmal vierzig. Bisher hatte das Alter zwischen ihnen überhaupt keine Rolle gespielt. Doch jetzt vielleicht wohl. Mit vierzig war man ein vergleichsweiser junger Mensch, und dachte nicht an Rollatoren. Ob sie sich mit ihm langweilte? Er musste sie danach fragen, denn er wollte nicht der Grund dafür sein, dass sie unglücklich war und am Ende auch ihre Tochter vernachlässigte.

Als er die Kaffeemaschine anstellte, klingelte sein Handy.

»Ja?«, sagte er, weil er die Nummer nicht kannte.

»Herr Guntram?«

»Ja. Wer ist denn da?«

»Hier ist Regina Schmidt. Man hat mir ihre Nummer gegeben.«

»Ach so. Was kann ich denn für Sie tun?«

»Ich weiß nicht ...«, kam es jetzt zögerlicher, »aber ich glaube, gestern Nacht ist jemand bei mir ums Haus geschlichen.«

»Bei Ihnen ums Haus?«, wiederholte er und dachte nach, ob sie am Ende sogar ihn meinte. Doch das war ja Quatsch, weil er ja nur bei der Nachbarin herumgeschlichen war.

»Ja. Es war schon dunkel, aber ich habe genau gehört, wie jemand hinters Haus ging. Ich habe mich aber nicht getraut, nach draußen zu gehen.«

»Das war sicher eine kluge Entscheidung«, sagte Guntram, »aber wieso haben Sie nicht gleich gestern die Polizei gerufen?«

»Ich hatte Angst, aber ich war mir auch nicht sicher. Ich wollte keine unnötigen Scherereien verursachen.«

»Okay. Aber jetzt sind Sie sich sicher?«

»Ja. Da war jemand.«

»Gut, ich werde später noch bei Ihnen vorbeisehen. Sagen wir, in gut einer Stunde. Ist das in Ordnung?«

»Ja, ich bin da«, antwortete sie und sie legten auf.

Vielleicht war das gar nicht so schlecht, dachte er, als er die Tassen auf dem Tisch verteilte und Fett in der Pfanne zergehen ließ. So konnte er der Witwe noch einmal auf den Zahn fühlen, was die Zeitungsartikel mit den Unfällen betraf. Sie hatte sich bisher sowieso ziemlich bedeckt gehalten, was die Eigenarten ihres Mannes anging. Doch so langsam wurde es Zeit, die Sache aufzuklären. Und das ging nur, wenn er noch mehr Fakten zum Opfer bekam.

»Guten Morgen.« Katrin stand plötzlich hinter ihm.

»Morgen, Schatz«, sagte er und drückte ihr einen Kuss auf die Wange. »Hast du gut geschlafen?«

»Ja, eigentlich schon«, sagte sie und holte den fertigen Teig für den Pfannkuchen aus dem Kühlschrank.

Keiner von beiden sprach die Ereignisse vom gestrigen Abend an. Guntram war froh, dass sie wieder normal zu sein schien.

Whisky kam die Treppe heruntergelaufen und Katrin ging nach oben, um Sarah zu holen.

Beim Frühstück schilderte Guntram noch einmal den Anruf von Regina Schmidt.

»Ich werde da gleich nach dem Frühstück vorbeifahren«, sagte er.

»Soll ich mitkommen?«, fragte Katrin.

Ein Nein lag ihm auf der Zunge, doch er wusste, dass es sie verletzen würde.

»Sicher, warum nicht«, sagte er deshalb. »Du könntest dich vielleicht ein wenig in der Wohnung umsehen. Auch das Zimmer von dem Schmidt, wo er die ganzen obskuren Sachen aufbewahrt hat. Dein Urteil dazu interessiert mich.«

»Klar«, sagte Katrin, »die Kinderfrau müsste ja auch jeden Moment kommen.«

»Bald wird Sarah drei, wir könnten uns nach einem Krippenplatz für sie umsehen, was meinst du?«

»Warum?«, fragte Katrin erstaunt.

»Na ja, sowas soll ja gut sein für Kinder, hab ich irgendwo gehört. Sie kommen mit anderen in Kontakt und so.«

»Ich denk drüber nach«, sagte sie zu seinem Erstaunen.

Als sie vor der Tür vor Regina Schmidts Haus standen, dauerte es einen Moment, bis sie aufmachte.

»Guten Tag«, sagte Guntram, »das ist meine Kollegin Katrin Birgner.«

Regina Schmidt sah von einem zum anderen. »Kommen Sie bitte rein. Entschuldigung, dass Sie warten mussten, aber ich war eben noch einmal im Keller.«

»Kein Problem«, sagte Katrin. »Sie haben uns angerufen, weil Sie gestern bemerkt haben, dass jemand bei Ihnen ums Haus schlich?«

Sie waren in die Küche gegangen und saßen am Tisch.

»Ja, da bin ich mir ganz sicher«, bestätigte Regina. »Es ist immer so still, seitdem Simon nicht mehr da ist. Da höre ich alles.«

»Aber Sie sind nicht nach draußen gegangen, richtig?«

»Nein, dazu fehlte mir der Mut.«

»Kann ich verstehen. Um welche Zeit in etwa war das, als Sie die Geräusche hörten?«

»Hm, das muss um kurz vor Sieben gewesen sein. Ich sehe mir dann immer die Nachrichten an.«

Da war ich schon wieder weg, dachte Guntram bei sich. Um ihn konnte es also bei ihren Beobachtungen nicht gehen.

»Sind Sie heute schon draußen hinterm Haus gewesen?«, fragte er.

Regina nickte. »Aber es ist mir nichts aufgefallen«, sagte sie fast entschuldigend.

»Es fehlt also nichts?«

»Nein, der Schuppen ist ja auch immer abgeschlossen.«

Guntram ging ein Gedanke durch den Kopf, den er nicht laut aussprach. Wahrscheinlich hatte sie sich das Ganze nur eingebildet, eben, weil es jetzt immer so still im Haus war. Da konnte man sich vieles einbilden. Und sie schien auch nicht die Mutigste zu sein. Sicher hatte sie Angst alleine im Haus. Das ging wegen der Einbrüche, die immer mehr überhandnahmen, vielen auch so.

»Ich werde den Kollegen von der Streife sagen, dass sie öfter hier bei Ihnen vorbeifahren sollen«, sagte er tröstlich, »besonders in den Abendstunden.«

»Danke«, sagte sie, »das ist sehr freundlich von Ihnen.«

»Wäre es in Ordnung, wenn meine Kollegin sich noch einmal in dem Zimmer Ihres Mannes umsieht?«, wechselte er zum eigentlichen Anliegen.

Regina nickte.

Katrin, die schon von Guntram wusste, wo das Zimmer war, verließ die Küche.

»Frau Schmidt«, sagte Guntram jetzt, »war Ihr Mann eventuell in der Vergangenheit in einen schwereren Unfall verwickelt?«

»Ein Unfall?«, fragte Regina und zog die Lippen kraus. Dann schüttelte sie mit dem Kopf. »Nein, ich glaube nicht.«

»Was meinen Sie damit, dass Sie es nicht glauben? Wissen Sie es nicht?«

»Nein, davon weiß ich nichts. Ich meine, solange ich ihn kenne, da ist etwas derartiges nicht passiert.«

»Wann haben Sie ihn kennen gelernt? Ich meine, wie alt waren Sie da?«

»Einundzwanzig, das weiß ich noch genau, weil es direkt an meinem Geburtstag war.« Ihre Augen leuchteten auf bei dieser schönen Erinnerung.

Da Simon Schmidt vier Jahre älter als seine Frau gewesen war, wäre es schon möglich, dass er einen schweren Unfall hatte, bevor er Regina kennen lernte, dachte Guntram bei sich. Er würde dazu Nachforschungen anstellen müssen.

»Und in der gemeinsamen Zeit mit Ihnen ist wirklich nichts passiert? Ich meine, es muss ja nicht seine oder Ihre Schuld gewesen sein«, bohrte Guntram nach.

»Nein«, sagte Regina bestimmt, »da war nichts, daran würde ich mich ja erinnern.«

»Okay, trotzdem vielen Dank. Ich frage nur wegen der Zeitungsartikel, die er gesammelt hat. Die Sachen mit den Verkehrsunfällen. Es ist eher unüblich, dass jemand so etwas sammelt. Und Sie wussten nichts davon. Aber können Sie sich vorstellen, warum er das gesammelt hat?«

Regina Schmidt dachte sichtlich angestrengt nach. »Nein, ich weiß es nicht, Herr Kommissar, leider. Ich würde Ihnen wirklich gerne helfen, aber darüber hat Simon nie mit mir gesprochen.«

Auch das war merkwürdig, dachte Guntram.

»Und Sie haben nie die Zeitungen gesehen, ich meine, dann, wenn er die Artikel herausgeschnitten hatte?«

»Nein, das muss er wohl gemacht haben, bevor sie ins Altpapier wanderten, ich weiß davon nichts.«

»Na gut«, sagte er und beschloss, nicht weiter nachzubohren. Offensichtlich war sie wirklich ahnungslos.

Katrin kam in die Küche zurück.

»Wir müssen dann los«, sagte Guntram schnell, bevor sie sich wieder setzte. »Vielen Dank für Ihre Zeit.«

»Ich danke Ihnen, Herr Kommissar«, sagte Regina und brachte die beiden zur Tür.

»Und jetzt noch die Nachbarin«, sagte Guntram, als sie vorne am Zaun standen, »wenn wir schon mal hier sind.« Er erklärte Katrin den Plan, dass sie die Frau in ein Gespräch verwickeln sollte, damit er sich im Haus ein wenig umsehen konnte.

»Oh«, sagte Brunhilde Brandt nur, als sie die Tür öffnete.

»Meine Kollegin Katrin Birgner«, stellte Guntram erneut vor. »Wir hätten da noch ein paar Fragen an Sie.«

»Dann kommen Sie rein«, sagte Brunhilde, »den Weg kennen Sie ja schon.«

Sie gingen ins Esszimmer, wo die Frau gerade in der Zeitung gelesen hatte. Eine Teekanne auf einem Stövchen verbreitete dabei eine wohlige Stimmung.

Katrin setzte sich mit an den Tisch, lehnte Tee aber ab, während Guntram nach der Toilette fragte.

»Gleich da hinten im Flur und dann rechts«, sagte die Frau.

Guntram verschwand aus dem Zimmer.

»Wir waren gerade noch einmal bei Frau Schmidt«, begann Katrin, die eigentlich gar nicht wusste, was sie mit der Frau besprechen sollte.

»Ach ja? Die arme Regina. Es wird sicher nicht leicht für sie sein, jetzt so ganz alleine.«

»Sie kannten das Ehepaar gut?«

Brunhilde faltete die Zeitung zusammen. »Gut? Na ja, wie man sich als Nachbarn eben so kennt. Mit Regina habe ich ab und zu Tee getrunken, wenn Simon auf Schicht war.«

»Welchen Eindruck hatten Sie von den beiden?«

»Wie meinen Sie das?«

»Hat sich das Ehepaar gut verstanden, oder gab es auch mal Streit?«

Brunhilde schenkte sich Tee nach. »Ich finde, man sollte, wenn so etwas Schreckliches passiert ist, wirklich nicht über die Nachbarn reden«, wich sie aus.

»Also gab es Auseinandersetzungen?«, bohrte Katrin nach.

»Wo gibt es die nicht«, meinte Brunhilde und rührte in ihrer Tasse herum. »Es ist wie in allen Ehen gewesen, es gab Höhen und Tiefen.«

»Verstehe. Sie sind nicht verheiratet?«

»Gott bewahre«, sagte Brunhilde und schickte einen Blick zur Decke. »Das liegt alles hinter mir. Ich gehöre zu den Frauen, die früh genug den Absprung geschafft haben.«

»Sie sind also geschieden?«

Sie nickte.

»Haben Sie Kinder?«

»Eine Tochter. Aber die ist schon längst aus dem Haus.«

»Dann gibt es wahrscheinlich schon Enkel, nehme ich an«, sagte Katrin und versuchte, das Vertrauen der Frau über die persönliche Schiene zu gewinnen.

»Nein, leider noch nicht«, seufzte Brunhilde. »Sagen Sie, wo bleibt eigentlich Ihr Kollege so lange?«

»Keine Ahnung«, sagte Katrin obenhin. Dann ging zum Glück die Tür zur Küche auf und er kam zurück.

»Da sind Sie ja«, sagte Brunhilde und musterte ihn eindringlich, »wir haben uns schon Sorgen gemacht, wo Sie so lange bleiben.«

»Alles in Ordnung«, sagte Guntram, »ich denke, wir müssen jetzt auch los.« Er nickte in Richtung Katrin, die sich erhob.

Als sie draußen in sicherer Entfernung waren, so dass sie von Brunhilde, die im Türrahmen stehengeblieben war und ihnen nachsah, nicht mehr gehört werden konnten, sagte Guntram:

»Fehlanzeige. Kein Kinderwagen. Ich war sogar kurz im Keller.«

»Sie hat keine Enkelkinder, aber eine Tochter«, sagte Katrin, »das hat sie mir eben erzählt.«

»Dann hat sie mich angelogen«, stellte Guntram fest und stieg in den Wagen. »Die Frage wird sein, warum. Ich denke, wir sollten Brunhilde Brandt im Auge behalten. Du kannst in der Dienststelle versuchen, alles über sie herauszufinden.«

»Okay«, sagte Katrin und sie fuhren los.

Regina

Ob es richtig gewesen war, die Polizei zu rufen? Aber sie hatte doch etwas gehört da draußen. Gestern Abend. Und sie hatte Angst gehabt. Das erste Mal war ihr da der Gedanke gekommen, dass man nicht nur Simon etwas antun wollte, sondern auch ihr.

Eine Woche war sie jetzt noch krankgeschrieben, dann konnte sie endlich wieder arbeiten gehen. So banal es auch immer klang, wenn andere sagten, das Leben geht irgendwie weiter. Sie hatten recht. Es musste weitergehen. Sie war jetzt alleine, ohne Simon. Das Haus würde irgendwann zu groß werden. Der Garten, er machte viel Arbeit, die eigentlich immer er erledigt hatte. Sicher war es jetzt noch zu früh, schon darüber nachzudenken, es zu verkaufen. Alle würden denken, dass es ihr nur recht war, dass Simon nicht mehr da war. So war es wirklich nicht. Doch Regina war schon immer eine Frau gewesen, die vorausschauend lebte. Wenn sie ein Problem erkannte, dann wurde es gelöst. Umgehend.

Übermorgen wurde Simon beerdigt. Danach würde sie seine Sachen in Säcke packen und den Bedürftigen schenken. Wenn es die denn überhaupt noch gab. Wenn sie an den Kleidercontainern vorbeikam, dann quollen diese meistens über, weil es wohl niemand mehr nötig hatte, die Kleider rechtzeitig abzuholen, bevor sie vom Regen unbrauchbar gemacht worden waren.

Es klingelte an der Tür. Hatte der Polizist etwa noch eine Frage an sie?

Ein Blick auf die Uhr sagte ihr, dass es noch nicht die Post sein konnte.

Regina ging auf den Flur und machte auf.

»Brunhilde, komm doch rein«, sagte sie, als sie ihre Nachbarin erkannte, auf die sie im Moment eigentlich keine Lust hatte. »Ich mache uns einen Tee.«

»Die Polizei war gerade bei mir«, sagte Brunhilde und schob Regina praktisch vor sich her in die Küche. »Ich könnte jetzt auch einen Kaffee vertragen, Tee hatte ich gerade schon.«

»Natürlich, warum nicht?«, sagte Regina und ließ Wasser in die Kanne laufen.

»Bei dir waren sie auch, oder?«

»Du meinst die Polizei?«

»Ja.«

»Stimmt, sie waren hier. Ich hatte sie angerufen.«

Regina biss sich auf die Zunge. Eigentlich sollte niemand etwas von ihrer übertriebenen Panik am letzten Abend erfahren.

»Du hast sie angerufen?«, wiederholte Brunhilde und ihre Stimme verriet, dass sie jetzt alles wissen wollte.

»Na ja, ich hab da gestern Abend etwas gehört«, sagte Regina. »Ich dachte, es sei vielleicht wichtig.«

»Gehört? Was denn?«

»Ach, wahrscheinlich war es nur ein Tier und ich habe übertrieben reagiert. Aber es ist nicht so leicht, alleine im Haus zu sein.«

»Wem sagst du das«, seufzte Brunhilde, »aber man gewöhnt sich an alles, glaub mir.«

»Sicher«, sagte Regina und stellte Kaffeetassen auf den Tisch. »Aber was hat die Polizei eigentlich von dir gewollt?«

Brunhilde genoss es, Regina so zappeln zu lassen.

»Ach«, sagte sie dann obenhin, während sie mit ihrer Kaffeetasse spielte, »sie hatten noch ein paar Fragen. Dinge, die man als Nachbarin eben so beantworten kann.«

»Was für Dinge?«

»Was ihr für eine Ehe geführt habt und so.«

»Und woher solltest du das wissen?«, entrüstete sich Regina. »Ich meine, du hast doch nicht hier bei uns gewohnt.«

»Das hab ich denen ja auch gesagt.«

»Was?«

»Dass ihr eben ein normales Ehepaar seid wie alle anderen auch. Der übliche Stress und Alltag.«

»Wir hatten keinen Stress«, knurrte Regina. Langsam ging ihr Brunhilde wirklich auf die Nerven.

»So hab ich das auch nicht gemeint. Aber bei jedem hängt doch der Haussegen mal schief.«

»Na und? Was hat das denn mit dem Tod von Simon zu tun? Das ist mir wirklich schleierhaft. Oder denken die etwa, ich hätte etwas damit zu tun?«

»Hm, das weiß ich ehrlich gesagt nicht. Aber ich habe nur die Wahrheit gesagt. Nicht mehr, aber auch nicht weniger.«

Regina sah aus dem Fenster. Für sie war das Gespräch ab diesem Moment zu Ende. Bisher, da hatte sie Brunhilde ja noch für eine nette Frau gehalten, mit der man hin und wieder einen Tee trinken konnte. Doch wenn sie solche Sachen gegenüber der Polizei ausplauderte, weil sie meinte, sich damit wichtigmachen zu können, dann konnte sie ihr in Zukunft gestohlen bleiben.

»Danke für den Kaffee«, sagte Brunhilde, als sie das Schweigen nicht länger ertrug. »Ich muss dann jetzt auch los.«

Regina nickte nur. Sie sah nicht, wie Brunhilde lächelte, als sie das Haus verließ.

Ermittlungen

Tina war bereits in der Dienststelle, als Katrin und Guntram dort ankamen. Sie hatten unterwegs noch bei einem Discounter gehalten, um einzukaufen.

»He, ihr beiden«, begrüßte Tina sie fröhlich.

Die Arbeit scheint ihr wirklich gut zu tun, dachte Guntram zufrieden. Die Entscheidung, dass sie wenigstens im Büro mithalf, war richtig gewesen.

»Wir waren bei der Witwe und ihrer Nachbarin«, erklärte er seiner Tochter. »Du könntest gleich mal Brunhilde Brandt unter die Lupe nehmen, mit der Frau, da stimmt was nicht.«

»Das ist die Nachbarin, richtig?«, fragte Tina.

»Genau. Sie hat mich bezüglich eines Enkelkindes angelogen.«

»Also hast du keinen Kinderwagen bei ihr gefunden?«

»Nein, absolut nichts.«

»Und sie hat mir gegenüber auch erwähnt, dass sie gar keine Enkelkinder hat«, mischte Katrin sich ein. »Sie hat eine Tochter aus geschiedener Ehe.«

»Das ist ja merkwürdig«, meinte Tina nachdenklich. »Warum erfindete eine Frau denn ein Enkelkind?«

»Und warum hat sie einen Kinderwagen vor der Tür stehen, der dann spurlos verschwindet?«, fügte Guntram hinzu.

»Da werde ich mich mal gleich an die Arbeit machen«, sagte Tina und ihre Wangen glühten, als sie in die Tasten haute.

»Ach, sag mal Tina, ist dir bezüglich Zeitungsartikel noch etwas aufgefallen?«, unterbrach Guntram sie nochmal.

Tina hielt inne und schüttelte dann mit dem Kopf. »Eigentlich nichts besonders. Allerdings sind es immer Unfälle, wo jemand zu Tode kam.«

»Moment mal«, hakte Guntram nach, weil es ihm selber noch nicht aufgefallen war bisher. »Du meinst, alle, die in den Unfall verwickelt waren, sind ums Leben gekommen?«

Tina nickte. »Jedenfalls die, um die es in dem Bericht hauptsächlich ging. Es gibt ja immer auch Verkehrsteilnehmer, die unfreiwillig hineingeraten.«

Guntram wusste zwar nicht warum, aber er fand die Feststellung von Tina interessant. Unfreiwillig hineingeraten. Konnte das der Schlüssel zu der Frage sein, warum Simon Schmidt die Sachen gesammelt hatte. Regina Schmidt hatte zwar bestätigt, dass er nie in einen schweren Unfall verwickelt gewesen war. Aber es konnte durchaus sein, dass er unfreiwilliger Zeuge geworden war. Vielleicht hatte er, obwohl es möglich gewesen wäre, keine Hilfe geleistet und machte sich seitdem Vorwürfe. Es gab Menschen, die nie damit klarkamen, wenn sie einen Fehler begangen hatten, der mit tödlichen Folgen geendet hatte. Vielleicht machte es sogar Sinn, genau die Unfälle näher unter die Lupe zu nehmen, die er aufgehoben hatte.

»Du Tina«, rief er seiner Tochter zu, die sich schon wieder ihrem PC gewidmet hatte. »Lass die Brandt erst mal liegen und suche alle näheren Umstände zu den Unfällen, die Schmidt gesammelt hat, heraus. «

»Was?!«, kam es beinahe erschrocken von Tina, »weißt du, wie viele das sind?«

»Sicher an die hundert«, überschlug Guntram grob.

»Und warum soll sie das machen?«, fragte Katrin, die sich noch einmal den Bericht von Piepwitz vorgeknöpft und bisher darin gelesen hatte.

»Weil es doch sein könnte, dass Simon Schmidt irgendwann einmal in einen der Unfälle verwickelt gewesen war, unfreiwillig, wie Tina so schön sagte. Und was wäre, wenn er dann nichts unternommen hätte, um den Opfern zu helfen, obwohl es möglich gewesen wäre?«

»Und wie willst du das herausfinden?«, fragte Katrin skeptisch, »ich meine, solche Gaffer, die geben doch ihren Namen nicht preis. Wie soll Tina herausfinden, bei genau welchem Unfall Simon Schmidt nichts unternommen hat?«

»Das weiß ich auch nicht«, brummte Guntram, »aber es könnte doch sein, dass dir etwas auffällt, Tina, wenn du sie unter diesem Aspekt noch einmal unter die Lupe nimmst. Schließlich hast du den Stein auch ins Rollen gebracht.«

»Das hat man nun davon, dass man so schlau ist«, seufzte Tina theatralisch. »Ich erledige das natürlich sofort, Paps.«

Meine Kleine, dachte Guntram voller Stolz. Und aus irgendeinem Grund schoss ihm das Bild von Sarah, als sie auf dem kalten Boden im Wohnzimmer geschlafen hatte, in den Sinn. Sein Blick wanderte zu Katrin, die gestern Abend wirklich neben sich gestanden hatte. Und jetzt beteiligte sie sich auch kaum an dem Gespräch, wo es wirklich interessant wurde. Früher, da hätte sie die richtigen Schlüsse gezogen und nicht Tina.

»Ich glaube, ich muss los«, sagte Katrin jetzt und Guntram zog eine Braue hoch.

»Tatsächlich? Es ist doch noch nicht einmal Mittag«, stellte er mit Blick auf seine Uhr fest.

»Die Kinderfrau muss zum Arzt«, sagte Katrin, ohne ihm in die Augen zu sehen.

»Na dann«, sagte er, »wir sehen uns später. Nimm du ruhig den Wagen mit, ich komme schon irgendwie nach Hause.«

Er lehnte sich auf seinem Stuhl zurück und verschränkte die Hände am Hinterkopf. Tina, die bereits mit der Analyse der Unfallberichte beschäftigt war, bekam von seinem Dilemma nichts mit.

Es ist, als unterhielten wir hier einen Familienbetrieb, dachte Guntram und ließ seinen Blick durch das Büro wandern. Kam dadurch vielleicht die Ermittlungsarbeit zu kurz? Machten sie Fehler, weil sie sich viel zu oft mit privaten Dingen auseinanderzusetzen hatten, wenn sie auch hier im Dienst aufeinanderhockten? Natürlich war es so, dachte er resigniert. Mit Mathias, der übermorgen wieder aus dem Urlaub zurückkam, da konnte er sich wenigstens zoffen, ohne, dass er am Abend maulig neben ihm auf dem Sofa saß. Wenn ihm das mit Katrin geschah, dann war der Rest des Tages gelaufen.

Und Tina? Wenn sie hier bei ihm im Büro saß, dann machte er sich den ganzen Tag Sorgen. Und zwar um sie. Schränkte das seinen Blick für die wesentlichen Fakten eines Falles ein? Oh ja.

Wir müssen etwas ändern, dachte er resigniert. Nur was, das konnte er beim besten Willen nicht sagen.

Weil er keine Lust mehr auf diese trüben Gedanken hatte, schaltete er seinen PC ein und tippte den Namen Brunhilde Brandt in die Suchmaschine.

Therapie

Katrin fühlte sich schlecht, als sie aus dem Wagen stieg. Sie hatte gelogen. Schon wieder einmal. Sie stand vor der Praxis von Dr. Peters, ihrem Psychotherapeuten. Heute ging es in die erste Sitzung und sie bekam ein mulmiges Gefühl bei dem Gedanken, jetzt alles von sich preisgeben zu müssen. Denn davon ging sie aus. Nun würde jemand in ihrem tiefsten Inneren herumkramen, und der Gedanke behagte ihr nicht. Doch sie hatte keine andere Wahl, das hatte ihr der Hausarzt klargemacht, als sie ihm von dem Aussetzer mit Sarah erzählte. »Tabletten werden Ihnen da nicht weiterhelfen, Frau Birgner« hatte er gesagt. Und vermutlich hatte er recht. Sie musste ihre Probleme bewältigen, damit sie eine gute Mutter war. Das war Motivation genug gewesen, diesen Schritt zu gehen. Jochen wusste davon nichts. Er wusste auch nichts von den Tabletten. Aber sie hatte es seinem Gesicht angesehen, als er Sarah gefunden hatte. Er machte sich große Sorgen.

Sie hatte eine Tablette zuviel genommen an dem Abend und sich dann, beflügelt von der Leichtigkeit, die sich in ihr ausgebreitet hatte, in die Wanne gelegt. Sie hatte Sarah einfach vergessen. Das durfte ihr nicht noch einmal passieren.

Zaghaft zog sie die schwere braune Tür mit den üppigen Ornamenten auf. Warum hatten eigentlich Therapeuten und Ärzte immer die schönsten Häuser in der Stadt? Eine alte Villa, das war auch ihr heimlicher Traum. Ein Zimmer im Erker, in dem sie sich in ein Sofa kuschelte und las. Ja, sie träumte immer öfter davon, einfach ihre Ruhe zu haben.

»Der Dr. erwartet Sie schon, gehen Sie ruhig weiter«, sagte die Sprechstundenhilfe und musterte Katrin von oben bis unten. Vielleicht wusste sie, was sie für einen Job hatte. Und womöglich erzählte sie ihren Nachbarn und Freundinnen davon, dass die Polizei langsam durchdrehte und Hilfe brauchte. Warum gab es eigentlich keine Hintertür, wenn man psychisch am Ende war?

»Danke«, sagte Katrin und ging durch die schöne weiße Tür in den nächsten Raum, wo sie ein Duft von Sandelholz empfing. Der Psychologe saß hinter seinem antiken dunklen Schreibtisch und notierte gerade etwas.

»Frau Birgner, bitte, nehmen Sie schon mal am Tisch dort drüben Platz, ich bin gleich bei Ihnen.«

Sicher waren jetzt schon hundert Euro weg, dachte Katrin. Wieso war die Polizeiarbeit nicht viel mehr wert als das hier? Sie setzte sich auf den schwarzen Schwingsessel und sah aus dem Fenster.

Dann setzte Dr. Peters sich zu ihr und faltete die Hände. Katrin sah zum ersten Mal die Schachtel mit den Wegwerftüchern auf dem Tisch, als sie in seine Richtung blickte. Sicher weinten die Patienten hier oft. Doch ihr würde das nicht passieren, schwor sie sich.

»Frau Birgner, wie fühlen Sie sich heute?«

Sie vermied den direkten Blickkontakt. »Ganz gut«, sagte sie knapp.

»Das freut mich. Es ist ja auch wirklich ein schöner Tag.«

Darauf erwiderte Katrin nichts. Es kam das erste Mal der Drang auf, einfach aus dem Zimmer zu rennen. Was sollte sie eigentlich hier? Sie war doch nicht verrückt? Vielleicht ein wenig gestresst. Das war doch auch kein Wunder bei dem Job und dann als Mutter.

»Was geht Ihnen gerade durch den Kopf, Frau Birgner. Möchten Sie mir davon erzählen?«

Nein, du Arsch, dachte sie, und ihre Hände krallten sich um die Armlehnen. Sie atmete tief durch. Sie war freiwillig hier. Es war nicht seine Schuld, beschwor sie sich. Nicht seine Schuld.

»Ach«, sagte sie dann und entspannte sich wieder, »ich habe gerade an meine Tochter Sarah gedacht.«

»Das ist schön, ein Kind zu haben. Wie alt ist Ihre Tochter denn?«

»Sie wird bald drei Jahre.«

»Glauben Sie mir, die ersten Jahre mit den Kindern sind die Schönsten.«

Tatsächlich? So hatte Katrin das noch nie gesehen. Kein Wunder, Sarah war ja auch ihr erstes Kind und würde auch wohl das Einzige bleiben.

»Sicher«, sagte sie, »sie macht mir viel Freude.«

Und dann plötzlich war das Eis gebrochen. Ob es am Duft nach Sandelholz lag, den Katrin so liebte, oder daran, dass er, der nun wirklich nichts für ihre Probleme konnte, sie jetzt liebevoll ansah, während er seine Brille nach oben schob. Plötzlich brachen bei Katrin alle Dämme und sie erzählte von dem Vorfall am Abend, wo sie ihre geliebte Tochter einfach unten im Wohnzimmer vergessen hatte, weil sie zu viele Tabletten genommen hatte.

Er hörte ihr einfach zu und sagte nichts. Sein Blick verriet nicht, ob er sie deswegen tadelte. Nein, er war einfach da. Ein Unbeteiligter, dem sie ihr Herz ausschütten konnte. Irgendwie tat ihr das gut.

»Seit wann nehmen Sie diese Tabletten?«, fragte er, als sie wieder ruhiger geworden war.

»Ich weiß nicht, vielleicht ein paar Monate. Aber nicht viele. Ich meine, sonst nehme ich nicht so viele, dass ich nicht mehr weiß, was ich tue.«

»Aber gestern schon. Warum, glauben Sie, ist es soweit gekommen?«

»Ich weiß es nicht«, sagte sie ehrlich. »Ich war plötzlich so überfordert mit allem. Es ist schwer zu beschreiben, wie ich mich dann fühle, wenn ich denke, dass ich das ganze nicht mehr schaffe.«

»Was glauben Sie, nicht zu schaffen? Ist es die Arbeit, das Kind, die Ehe?«

»Vielleicht alles«, sagte Katrin matt, »manchmal möchte ich morgens gar nicht mehr aufstehen.«

»Weil Sie glauben, dass Sie die Aufgaben des Tages nicht werden bewältigen können?«

Sie nickte. »Aber andere Frauen haben doch auch Kinder und einen Job«, sagte sie, »warum gelingt mir das denn nicht?«

»Gelingt es Ihnen denn wirklich nicht?«, fragte der Therapeut.

Sie sah ihn fragend an.

»Ich meine, Frau Birgner, Ihre Tochter ist jetzt drei Jahre alt, und dass es ihr so gut geht, das ist Ihr Verdienst. Wieso zweifeln Sie plötzlich an sich als Mutter? Können Sie darauf eine Antwort finden?«

Katrin ließ in Gedanken die letzten Jahre Revue passieren. Sie musste an die ersten Schritte von Sarah denken. Sie war stolz darauf gewesen. Ihre ersten Worte und wie Sarah immer Guntram nachgebrabbelt hatte und sie ihm verbot, Schimpfwörter zu benutzen. Dafür hatte er immer einen Euro in Sarahs Sparschwein tun müssen und das Ding war im Nu voll gewesen. Ja, es gab so viele schöne Momente, dass Katrin sich fragte, was sie eigentlich hier machte? Warum war sie nicht Zuhause bei Sarah und kochte ihr einen Brei, spielte mit ihr und legte sie schlafen. Wieso konnte sie das plötzlich nicht mehr tun, ohne sich erschöpft zu fühlen?

Dr. Peters saß noch immer auf seinem Stuhl, die Ruhe selbst. Er drängelte nicht, sondern war einfach da und hörte zu, sobald sie etwas sagte.

Katrin bekam das Gefühl, ihm etwas schuldig zu sein. Schließlich wurde er dafür bezahlt, dass sie hier saß. Er machte seinen Job, mehr nicht. Sie war die Patientin, die gleich, wenn die Stunde vorbei war, mit einer Lösung für all ihre Probleme nach Hause ging. Ach, wenn es doch nur so einfach wäre.

»Möchten Sie, dass wir die heutige Sitzung an dieser Stelle abbrechen und Sie noch einmal Zuhause in aller Ruhe nachdenken können?«, fragte der Therapeut plötzlich. Er kam ihr entgegen.

Katrin hatte jetzt die Wahl. Doch sie wollte nicht gehen. Nein, sie wollte, dass es endlich aufhörte. Und das ging nur, wenn sie sich ihren Dämonen stellte. Sie dachte wieder an Sarah. Und sie wollte auch daran denken, wie sie als Baby gewesen war, doch sie konnte nicht. Sie wollte nicht an die Entbindung denken, als sie im Krankenhaus war. Sie wollte nicht an die Stillversuche erinnert werden, die sie schon nach drei Tagen abgebrochen hatte. Sie wollte nicht an dieses Gefühl denken, als sie sie schlafend im Arm hielt und an den Vater des Kindes dachte. Denn dann wurde sie auch unweigerlich an das schwere Verbrechen erinnert. Plötzlich liefen Tränen über ihr Gesicht, sie griff nach einem der Tücher in der Schachtel. Das Weinen, es hörte gar nicht mehr auf. Sie wischte sich immer wieder unter den Augen entlang, um es zu leugnen, dass ein ganz tiefer Schmerz wieder in ihr hochgekrochen kam.

»Weinen Sie ruhig«, sagte der Therapeut in ruhigem Tonfall, »Tränen befreien die Seele.«

Katrin gab jeden Widerstand auf und weinte bitterlich. Sie schnäuzte sich und griff nach dem nächsten und wieder dem nächsten Tuch, bis sie sich fragte, wie viele eigentlich in solchen Schachteln drin wären. Reichte das, um allen Schmerz herauszulassen? Das war verrückt, doch sie fühlte sich erleichtert.

Endlich konnte sie sich wieder beruhigen. Sie wischte noch einmal über ihr Gesicht und wusste, wie schrecklich sie jetzt mit rot verheulten Augen aussehen musste.

»Geht es Ihnen jetzt besser?«, fragte der Therapeut.

Sie nickte. »Irgendwie schon.«

»Wollen Sie darüber reden?«

Ja, dachte Katrin, ich will endlich darüber reden. Mit Guntram hatte sie es nie so wirklich getan. Er wusste, dass sie von einem Kollegen in München vergewaltigt worden war. Dass Sarah das Ergebnis eines Verbrechens war. Doch das Mädchen konnte ja nichts dafür. Sie liebte ihre Tochter. Doch jedes Mal, wenn sie das Gesicht des Mädchens sah, dann sah sie auch das Gesicht ihres Peinigers. Und das wurde immer schlimmer, weil sie immer mehr Züge von dem Mann annahm, der jetzt hinter Gittern saß. Sie nahm allen Mut zusammen. Oder vielleicht war es auch gar nicht ihr Mut, der ihr jetzt half, sondern einfach nur der Wunsch, dass es endlich aus ihr herauskam.

»Ich wurde vergewaltigt«, sagte sie und sah den Therapeuten jetzt direkt an.

Er schien zu ahnen, dass es irgendwie mit Sarah zusammenhängen musste. »Der Mann ist Sarahs Vater?«, fragte er.

Sie nickte. Plötzlich fühlte sie gar nichts mehr. Nur ihren Körper, der funktionierte. Ihr Herz war ausgeschaltet. »Es ist in München passiert. Er war ein Stalker, der auch andere Frauen belästigt hat. Ein Kollege aus Osnabrück. Er ist mir bis nach München gefolgt, wo ich meine Freundin besucht habe.«

»Erzählen Sie weiter …«.

»Ich habe es zunächst gar nicht gewusst«, sagte Katrin und wunderte sich selbst darüber, »doch er hat mir K.O-Tropfen verabreicht. Ich wusste am nächsten Tag nichts mehr. Erst später, als ich wieder hier in Ostfriesland war, da stellte ich fest, dass ich schwanger war. Aber ich wusste nicht, warum und von wem.«

Sein Gesicht verriet ihr, dass das auch für ihn schockierend war.

»Das muss ein schreckliches Gefühl gewesen sein«, sagte er. »Wie haben Sie erfahren, dass er es war?«

»Oh, das hat eine ganze Weile gedauert. Es war eigentlich Zufall, wenn man so will. Ich war mit meinen Kolleginnen auf Borkum. Und da war er auch, weil er uns gefolgt war. Es ist alles eskaliert und wir haben ihn geschnappt. Erst da kam alles raus.«

»Also haben Sie sehr lange mit dem ungewissen Gefühl gelebt, verstehe«, murmelte er. »War es schwer für Sie, das Kind anzunehmen?«

»Oh ja. Ich meine, das muss man sich mal vorstellen, dass man ein Kind erwartet und nicht weiß, wie es dazu gekommen ist. Ich bin fast verrückt geworden, weil ich dachte, es läge an mir, dass ich mich nicht mehr erinnern kann. Das glaubt einem doch keiner.«

»Wem haben Sie es denn erzählt?«

»Eigentlich nur Jochen, meinem jetzigen Mann. Aber damals waren wir nicht fest zusammen.«

»Hm. Aber er liebt das Kind auch?«

»Oh ja, er liebt Sarah über alles. Es ist für ihn ja auch leichter als für mich.«

»Denken Sie das wirklich? Ich stelle es mir schwer vor, wenn ich wüsste, dass meine geliebte Frau so etwas durchgemacht hat. Ich weiß nicht, was ich dann mit dem Mann machen würde.«

Jetzt lächelte Katrin das erste Mal wieder. »Oh, er hat einiges gemacht«, sagte sie, »er war kurz davor, diesen Mann umzubringen.«

»Ich weiß, dass ich das nicht laut sagen dürfte, aber ich finde es verständlich. Er liebt Sie und das Kind. Da sind Männer zu vielem fähig.«

»Ich weiß.«

»Hören Sie, Frau Birgner, ich denke, wir sind heute ein gutes Stück vorangekommen. Doch jetzt sollten Sie sich erst einmal ausruhen. Es gibt da viele Dinge, die Sie noch nicht wirklich verarbeitet haben. Wir unterhalten uns in der nächsten Sitzung weiter darüber, wenn Sie möchten.«

Sie nickte. Er hatte recht. Sie fühlte sich völlig ausgelaugt. So, als hätte man ihr den Stecker gezogen.

»Lassen Sie sich bitte von meiner Sekretärin einen Termin für nächste Woche geben«, sagte er und entließ sie mit einem Händedruck aus seinem Sprechzimmer.

Draußen wehte Katrin der kalte Wind schneidend in das rotgeweinte Gesicht. Sie konnte es immer noch nicht glauben, dass sie dazu in der Lage gewesen war, einem wildfremden Mann ihr schlimmstes Geheimnis anzuvertrauen. Im Wagen nahm sie ihr Handy aus dem Handschuhfach. Guntram hatte dreimal angerufen. Sie konnte jetzt aber nicht mit ihm sprechen und legte es zurück. Als sie den Wagen starten wollte, fiel ihr eine Frau auf. Sie ging gerade durch die Tür, aus der sie selber eben gekommen war. Und das war nicht alles. Sie zog einen Kinderwagen hinter sich her ins Haus.

Plötzlich war Katrin wieder ganz die Ermittlerin, die sie so gerne sein wollte. Ohne Selbstzweifel und ohne Probleme. Instinktiv spürte sie, dass diese junge Frau, die sie nur von der Seite für einen kurzen Moment gesehen hatte, der Schlüssel zu dem Verbrechen an Simon Schmidt sein konnte. Sie musste unbedingt herausfinden, wer sie war. Sie sah auf die Uhr. Gleich war es schon zwei. Die Kinderfrau würde noch für gute zwei Stunden bleiben, wenn sie sie jetzt anrief. Die Therapie dauerte keine

Stunde. Also könnte sie dann die Frau mit dem Kinderwagen verfolgen und herausfinden, wer sie war.

Guntram in Sorge

Nach der anfänglichen Wut beschlich ihn jetzt die Sorge. Katrin ging nicht ans Handy und Zuhause war sie auch nicht. Das hatte er eben von der Kinderfrau erfahren. Und auch, dass sie von Katrin angerufen worden war, weil es etwas später werden könnte. Was zum Teufel war da los? Ob es mit dem Zustand, in dem Katrin sich an dem Abend befunden hatte, zusammenhing?

Er wollte den Gedanken nicht zulassen, aber er fragte sich trotzdem, ob sie sich vielleicht etwas angetan hatte. Wäre ihr das wirklich zuzutrauen?

»Was ist los?«, fragte Tina, die mitbekommen hatte, wie Guntram sein Handy über den Schreibtisch gefeuert hatte vor Wut.

»Ich kann Katrin nicht erreichen«, brummte er, weil er ihr keine Märchen erzählen wollte. Sie hatte die Wahrheit verdient.

»Vielleicht ist sie noch einkaufen gegangen«, meinte Tina.

»Nein, das hatten wir bereits erledigt. Eigentlich müsste sie längst Zuhause sein. Aber die Kinderfrau sagt, dass sie dort angerufen hat, weil es später wird.«

»Komisch«, sagte Tina, die mit derlei Informationen im Moment überfordert war, weil sie die Vorgeschichte nicht kannte. »Sicher meldet sie sich bald.«

Das will ich hoffen, dachte Guntram. Und dann erzählte er Tina die ganze Geschichte, die sich an dem Abend zugetragen hatte und warum er sich so verdammte Sorgen machte.

»Das kann ich nicht glauben«, sagte Tina fassungslos. »Sie hat Sarah im Wohnzimmer vergessen?«

»So sieht es aus«, murrte Guntram, der ahnte, dass das nur die Spitze des Eisberges war. Plötzlich sah er seine ganze kleine Familie aus den Fugen geraten. »Wir müssen sie unbedingt finden.«

»Und wie?«

»Ich könnte ihr Handy orten lassen.«

»Papa!«, mahnte Tina, »das würde sie dir nie verzeihen.«

»Aber was soll ich denn sonst machen, verdammte Scheiße.« Guntram sprang auf und warf seinen Stuhl nach hinten. Sein Blick wanderte zur Schublade seines Schreibtischs. Nur ein Schluck, dachte er, der könnte ihm jetzt schon helfen.

»Du musst dich beruhigen, Papa«, sagte Tina, »wir müssen nachdenken.«

»Tut mir leid.« Er stellte den Stuhl wieder auf die Beine und setzte sich an den Schreibtisch zurück.

»Schon gut, ich verstehe dich ja. Ihr wart doch heute Morgen bei Regina Schmidt und der Nachbarin, richtig?«

»Ja.«

»Könnte da irgendwas gewesen sein, worum sie sich jetzt noch einmal kümmert?«

»Alleine?«

Tina zog die Schultern hoch. »Ich weiß es doch auch nicht. Aber etwas anderes fällt mir nicht ein.«

»Okay okay, du hast ja recht, wir müssen einen kühlen Kopf bewahren. Aber meiner Meinung nach verliefen die Befragungen heute Morgen völlig normal. Und Katrin war ja auch noch hier mit uns in der Dienststelle.«

»Ich weiß«, gab sich Tina geschlagen. Sie wusste nicht mehr, wie sie ihrem Vater helfen sollte.

Es wurde still im Raum, man hörte nur die Geräusche vom Verkehr, die von der Straße in das Gebäude drangen.

»Und ich lass das Handy doch orten«, sagte Guntram plötzlich und rief bei den Kollegen von der Technik an.

Unter Beobachtung

Katrin hatte kalte Füße bekommen und ließ den Wagen laufen. Dieser verdammte Winter, er war in diesem Jahr besonders nass und kalt.

Dann endlich kam die Frau mit dem Kinderwagen wieder aus dem Haus des Therapeuten. Sie war jung, höchstens dreißig und hatte lange dunkle Haare. Eigentlich war sie hübsch. Den Kinderwagen schob sie die Stufen vor sich herunter und ging dabei nicht gerade zimperlich vor. Das Baby musste regelrecht durchgeschüttelt werden bei der Aktion.

War es überhaupt verantwortbar, dass psychisch kranke Frauen ihre Kinder bei sich behielten?, ging es ihr durch den Kopf und bekam ein schlechtes Gewissen gegenüber Sarah.

Die junge Frau schlang ihren Schal ein paarmal um ihren Hals und zog die Kapuze über ihren Kopf. Dann ging sie in linker Wegrichtung davon.

Katrin legte den ersten Gang ein und folgte ihr in dem Abstand, der nötig war, damit die Frau sie nicht entdeckte. Andere Autofahrer fuhren an Katrin vorbei, einige zeigten ihr den Vogel, als sie auf Augenhöhe mit ihr waren.

Arschlöcher, dachte Katrin, und blieb beharrlich bei ihrem Tempo.

Es dauerte gut eine halbe Stunde, in der die junge Frau den Kinderwagen zügig vor sich herschob. Dann blieb sie plötzlich vor einem Mehrfamilienhaus stehen, kramte in ihrer Handtasche herum und schloss die Tür zum Flur auf.

Bingo. Jetzt hab ich dich, dachte Katrin. Sie stellte ihren Wagen auf dem Seitenstreifen ab und hoffte, dass gleich hinter irgendeinem der Fenster das Licht anginge. Und sie hatte auch damit Glück. Im zweiten Stock flammte eine Deckenlampe mit einem rotweißen Schirm auf. Das war bestimmt die Küche. Es war ein Leichtes, jetzt den Namen der Bewohnerin herauszufinden.

Katrin stieg aus dem Wagen und ging zu den Klingelschildern. Als sie das richtige gefunden hatte, konnte sie es kaum glauben. »Susanne Brandt«, stand da. Brandt? War das nicht auch der Nachname der Nachbarin von Regina Schmidt? Richtig. Brunhilde Brandt. Es mochte ein Zufall sein, aber daran glaubte Katrin jetzt nicht mehr. Susanne Brandt war die Tochter der Nachbarin. Sie war die geheimnisvolle Unbekannte, die nachts und zu jeder unmöglichen Tageszeit mit ihrem Kinderwagen durch die Straßen von Leer spazieren ging. Das arme Kind, ging es Katrin noch einmal durch den Kopf. Entweder, es wurde das best abgehärtetste Baby aller Zeiten, oder es hatte eine Lungenentzündung. Warum kümmerte sich der dämliche Therapeut denn nicht mal darum, anstatt ihr all diese blöden Fragen zu stellen. Nie wieder gehe ich dahin, schwor sich Katrin. Dann drückte sie auf den Klingelknopf der Nachbarwohnung, um in den Flur zu gelangen.

Guntram kannte die Adresse, wo man Katrins Handy geortet hatte und fuhr fluchend über die Friesenstraße. Dabei war es ihm egal, ob er zu schnell war. Katrin konnte in Gefahr sein, dann brannte alles bei ihm durch.

Er fuhr durch die Ubbo-Emmius-Straße und bog dann rechts ab. Hier musste das Haus sein. Dann sah er ihn. Katrins Wagen. Er parkte vor einem Mehrfamilienhaus. Das war die richtige Hausnummer. Was um Himmels willen machte sie hier? Der Wagen war leer. Sie musste im Haus sein.

Guntram parkte seinen Wagen in der zweiten Reihe und rannte auf das Haus zu. Er studierte schnell die Namen der Bewohner und stutzte dann genauso wie Katrin vorhin bei dem Namen Brandt.

»Verfluchte Scheiße«, schimpfte er und drückte wild auf die Klingel. Nichts tat sich. Dann klingelte er in der Nachbarwohnung. Es summte und er stürmte in den Flur. Schnell stieg er die Treppen nach oben, indem er zwei Stufen auf einmal nahm, bis er im zweiten Stock vor der Wohnungstür von Susanne Brandt stand. Er witterte förmlich, dass er hier richtig war. Katrin war da drin. Und es machte niemand auf. Das konnte nur eines bedeuten. Sie war in höchster Gefahr.

»Aufmachen, Polizei!« Guntram trommelte wild gegen die Tür. Als sich nichts tat, nahm er kurz Anlauf und trat die Tür mit voller Wucht ein, so dass sie krachend aus den Angeln flog.

»Katrin!«, rief er, »wo bist du?«

Er sah in jedes Zimmer und dann sah er sie. Katrin lag in unnatürlicher Haltung auf dem Sofa. Und neben ihr eine Blumenvase. Diese Brandt hatte sie einfach niedergeschlagen und war abgehauen.

Schnell kniete er neben seiner Frau und strich ihr übers Gesicht. Sie atmete noch. Fast hätte er geweint vor Glück.

»Katrin«, sagte er noch einmal. Dann schlug sie die Augen auf.

»Jochen?«

»Ja, ich bin es. Was ist hier passiert?«

Katrin richtete sich auf und brauchte einen Moment, bis sie wieder wusste, wo sie war. »Es ist Susanne Brandt, sie ist die Mörderin«, sagte sie.

»Wo ist sie jetzt?«

»Ich weiß es nicht. Sie hat mich niedergeschlagen und dann muss sie abgehauen sein. Du musst sie finden.«

»Ja, mach ich. Doch erst rufe ich einen Krankenwagen, damit man sich um dich kümmert.«

»Quatsch«, sagte Katrin jetzt wieder ganz klar, »mir geht es gut. Es war doch nur ein Schlag auf den Kopf. Du musst Susanne Brandt jetzt finden, bevor noch mehr passiert. Wahrscheinlich flüchtet sie in Panik zu ihrer Mutter.«

»Du hast recht«, sagte er, »ich rufe eine Streife, damit sie sofort dahinfahren.« Er blaffte irgendwas in sein Telefon.

Katrin sah sich um. Alles war so dunkel hier drinnen. Das war ihr gleich aufgefallen, als sie in die Wohnung gegangen war, nachdem Susanne Brandt ihr aufgemacht hatte. Im Flur, da hatte auch der Kinderwagen gestanden. Sie wusste nicht, ob das Baby noch da drinnen war, aber man hörte nichts, was darauf hingedeutet hätte. Susanne Brandt hatte sie ins Wohnzimmer geführt. Und da hatte Katrin den fatalen Fehler begangen, ihr kurz den Rücken zuzukehren. Ein dumpfer Schlag, dann war es schwarz vor ihren Augen geworden.

»Sie sind unterwegs«, sagte Guntram, »wir sollten auch dahin fahren. Aber sag mal, wie bist du denn auf Susanne Brandt gestoßen?«

Darauf erwiderte Katrin nichts. Stattdessen stand sie auf und sie liefen nach unten in den Flur und dann nach draußen.

»Wir nehmen meinen Wagen«, sagte er, »du solltest jetzt nicht fahren.«

Von weitem sahen sie bereits das Blaulicht des Wagens, der halb vor dem Haus von Regina Schmidt und Brunhilde Brandt parkte.

»Nichts Verdächtiges«, sagte einer Kollegen, der ausgestiegen war, als Guntram und Katrin kamen.

»Danke«, sagte Guntram, »wir übernehmen jetzt.«

Regina Schmidt kam aus der Haustür, als sie die Beamten erkannte.

»Herr Kommissar«, sagte sie und zog ihre Jacke fester um sich, »was ist denn hier los?«

»Gehen Sie rein«, sagte Guntram barsch, »wir erklären es Ihnen später.«

Augenblicklich verschwand sie im Haus, um kurz darauf hinter der Gardine des Wohnzimmerfensters wieder zu erscheinen.

»Los«, sagte Guntram, »ich nehme den Vordereingang und du sicherst den hinteren.«

Katrin nickte. Ihre Waffe hielt sie im Anschlag. So ein Fehler, der sollte ihr nicht noch einmal passieren.

Guntram sah ihr kurz nach, dann stieg er die Stufen zum Vordereingang hoch und klopfte wild an die Tür. »Aufmachen, Polizei! Frau Brandt, wir wissen, dass Sie da sind!«

Es wurde ein Schlüssel herumgedreht. Vorsichtig schob sich die Tür wie von Geisterhand auf. Dann sah Brunhilde Brandt unsicher nach draußen.

»Lassen Sie mich rein!«, blaffte Guntram, der jetzt keine Gnade mehr kannte, »wir wissen, dass Ihre Tochter Susanne hier ist.«

»Susanne?«, fragte Brunhilde überrascht, »sie ist nicht hier.«

»Erzählen Sie keine Märchen.« Guntram drängte sich an der Frau, die vergeblich versuchte, den Eingang zu blockieren vorbei. Schnell sah er in jedes Zimmer und ging zum Hintereingang, wo er Katrin öffnete. »Seh du oben nach, ich knöpfe mir den Keller vor.«

»Was ist denn eigentlich hier los?«, jetzt klang Brunhilde Brandt plötzlich sauer.

»Was hier los ist?«, hörte sie Guntram, der bereits die Stufen nach unten stieg fragen, »wir suchen Ihre Tochter. Sie ist dringend des Mordes an Simon Schmidt verdächtig.«

»Was?«, rief sie ihm hinterher, »ich verstehe nicht.«

Es krachte, weil Guntram in dem Halbdunkel des Kellers gegen irgendwas getreten war. »Scheiße«, hörte sie ihn fluchen.

»Passen Sie doch auf«, rief sie, »Sie machen ja alles kaputt.«

Guntram kam die schmale Treppe wieder nach oben. Katrin kam wieder nach unten.

»Da ist sie nicht«, sagte sie.

»Im Keller auch nicht«, entgegnete Guntram.

»Meine Tochter ist nicht hier«, mischte sich Brunhilde Brandt ein, »das habe ich Ihnen eben doch schon gesagt. Und jetzt verraten Sie mir bitte, was hier eigentlich los ist?«

»Gehen wir in die Küche«, brummte Guntram.

Sie saßen am Tisch und die Hände von Brunhilde Brandt zitterten.

»Frau Brandt«, begann Katrin, »es besteht der dringende Tatverdacht, dass Ihre Tochter Susanne Brandt etwas mit dem Mord an Simon Schmidt zu tun hat.«

»Nein«, seufzte Brunhilde Brandt auf, »das kann nicht sein.«

»Wissen Sie, wo Ihre Tochter jetzt mit ihrem Enkelkind sein könnte?«

»Enkelkind?«, wiederholte Brunhilde verständnislos.

»Ja, das Kind in dem Kinderwagen, an den Sie sich kürzlich plötzlich nicht mehr erinnern konnten. Ich habe ihn an dem Tag, als ich zu Regina Schmidt wollte, bei Ihnen gesehen. Und da sagten Sie, es sei ihr erstes Enkelkind. Ich hoffe, das hilft Ihnen jetzt langsam auf die Sprünge.«

Er wirkte gereizt und Katrin konnte es nachvollziehen. Auch sie machte sich Sorgen um das Baby.

»Ich habe kein Enkelkind«, sagte Brunhilde jetzt mit matter Stimme.

»Was soll das jetzt schon wieder heißen!«, rief Guntram aus. »Sie können jetzt wirklich aufhören mit Ihren verdammten Lügen.«

»Es ist keine Lüge. Ich habe kein Enkelkind, Susanne, meine Tochter ...«. Sie brach ab und verdeckte ihr Gesicht mit beiden Händen.

»Frau Brandt, reden Sie jetzt endlich«, forderte Guntram, dem der Geduldsfaden schon lange gerissen war. Katrin stieß ihn am Arm, was so viel bedeutete, dass er ein paar Takte runterfahren sollte. Nur widerwillig gab er nach und sagte: »Frau Brandt, was ist mit Ihrer Tochter? Wo finden wir Susanne?«

»Ich weiß es nicht«, sagte Brunhilde und sah von einem zum anderen.

»Was ist mit dem Kinderwagen? Warum sagen Sie, Sie hätten kein Enkelkind?«

»Weil es die Wahrheit ist«, jammerte Brundhilde, »Sabrina ist tot. Tot. Tot.«

Guntram schaltete sofort. »Sabrina war Ihr Enkelkind, Susannes Tochter?«

Brunhilde nickte.

»Und sie ist tot? Wieso? Und warum fährt Susanne dann mit einem Kinderwagen spazieren?«

Brunhilde Brandt nahm alle Kraft zusammen und erzählte dann von der Tragödie, die ihrer Tochter vor vier Jahren widerfahren war. Sabrina, sie war damals noch ein Baby gewesen. Susanne hatte das Kind gegen den Rat ihrer Mutter zur Welt gebracht, nachdem der Vater des Kindes von heute auf Morgen verschwunden war.

»Sie hat immer gesagt, ich schaff das, Mama«, sagte Brunhilde und wischte sich dabei übers Gesicht. »Und natürlich habe ich ihr dann meine Hilfe angeboten. Es war ja mein erstes Enkelkind, mein Sonnenschein. Susanne wollte aber unbedingt eine eigene Wohnung, obwohl hier wirklich genügend Platz für die beiden gewesen wäre.«

Dann eines Tages, als Susanne an einem Morgen im November mit der Kleinen zu einem Untersuchungstermin musste, da sei es zu dem schrecklichen Unglück gekommen.

»Es war neblig, so, wie das eben im November ist. Susanne hatte die Kleine in einer Trage auf dem Rücksitz abgestellt, aber nicht gesichert. Es gab einen Unfall auf der Landstraße, da, wo eigentlich keiner weit und breit sein sollte um die Zeit. Susanne kam von der Straße ab, als sie von einem entgegenkommenden Wagen geblendet wurde. Sie prallte gegen einen Baum. Das Baby schrie hinten. Susanne war eingeklemmt, und konnte ihr nicht helfen. Sie konnte sich nicht einmal richtig zu Sabrina umdrehen. Und irgendwann, da war es plötzlich still.«

Katrin hatte Mühe, erste aufkommende Tränen zu unterdrücken, während Guntram mit offenem Mund dasaß.

»Sie sind alle weitergefahren«, sagte Brunhilde jetzt emotionslos und völlig klar. »Keiner hat den beiden geholfen.«

»Und unter den vorbeifahrenden Wagen, da gab es auch ein Taxi«, murmelte Guntram.

Brunhilde nickte. »Ja. Susanne hat es ganz genau gesehen. Dieses helle Schild, Sie kennen das.«

Guntram nickte. »Aber woher konnte Sie wissen, dass es Simon Schmidt war, der vorbeifuhr und sie im Stich ließ.«

»Was?«, fragte Brunhilde, »wieso Simon, davon habe ich nichts gesagt.«

»Aber Sie sagten doch gerade, dass ein Taxi an den beiden vorbefahren ist, und nicht geholfen hat.«

»Ja, das habe ich gesagt. Aber ich habe mit keiner Silbe Simon Schmidt erwähnt. Die Kleine ist auf dem Rücksitz gestorben, einfach so. Susanne leidet seitdem an psychischen Störungen und ist in Behandlung.«

Deshalb war sie beim Therapeuten, dachte Katrin, behielt es aber für sich.

»Und wieso der Kinderwagen?«, fragte Guntram, der jetzt alles wissen wollte.

»Ach«, seufzte Brunhilde auf, »wenn es nur der Kinderwagen wäre. Susanne steht seitdem völlig neben sich und kann nur noch mit Tabletten überleben. Sie kann sich einfach nicht von dem Kinderwagen, in dem Sabrina gelegen hat, trennen. Es liegt eine Puppe darin, mit der sie spazieren fährt. Ich weiß, dass das völlig verrückt klingt, aber meine Kleine, sie kann doch nichts dafür. Aber sie ist keine Mörderin«, fügte sie dann schnell hinzu. »Mit Simon Schmidt hat sie nichts zu tun.«

»Das werden wir dann sehen«, raunte Guntram, »doch zunächst müssen wir sie finden. Und Sie werden uns dabei helfen. Wo könnte sich Ihre Tochter jetzt aufhalten?«

Brunhilde Brandt machte ein besorgtes Gesicht. »Wenn sie nicht in Ihrer Wohnung ist, dann ...«.

»Dann was?«

»Dann ist sie irgendwo unterwegs mit dem Kinderwagen. Aber woher soll ich denn wissen, wo genau?«

»Es gibt also keine Freundinnen, wo sie vielleicht hin und wieder mal vorbeisieht?«

»Nein«, sagte Brunhilde, »sie hat schon lange keine Freundinnen mehr.«

»Sie sagten, sie ist in psychischer Behandlung. Wer ist ihr Arzt oder Therapeut?«

Bei Therapeut zuckte Katrin kurz zusammen. Es wäre unmöglich für sie, mit Guntram dorthin zu fahren, um nach Susanne zu fragen.

»Dr. Peters«, antwortete Brunhilde ohne Umschweife. »Ich kann Ihnen seine Nummer geben.«

»Ja, das würde uns sicher weiterhelfen. Komm«, sagte er zu Katrin, »wir fahren gleich mal da vorbei.«

Brunhilde notierte etwas auf einem Zettel und gab es ihm, bevor sie zum Wagen gingen.

»Könntest du mich bei meinem Wagen absetzen?«, fragte Katrin, »ich würde dann doch gerne zu Sarah nach Hause fahren.«

Wie?, dachte Guntram und meinte, sich verhört zu haben.

»Du willst nach Hause?«, fragte er, »jetzt?«

»Na ja, du kannst doch alleine zu dem Therapeuten fahren. Ich glaube sowieso nicht, dass Susanne dort ist. Das wäre doch das erste, wo wir nach ihr suchen würden.«

»Kann sein«, raunte er und sah sie aus dem Augenwinkel heraus an. »Na gut, dann bringe ich dich zu deinem Wagen und fahre alleine weiter.«

Das Versteck

Da hab ich ja noch einmal Glück gehabt, dachte sie und trank den Kaffee und aß das Brot, das vor ihr auf dem kleinen abgewetzten Tischchen stand. Das blaue Licht des Polizeiwagens hatte lange in das Zimmer geschienen, bis es endlich ausgestellt wurde. Susanne hatte angefangen, mitzuzählen, wie oft sich das Licht drehte. Bei zweihundert hatte sie aufgehört.

Es war so komisch, dass Polizisten immer so dumm waren. Die leichtesten Zusammenhänge blieben ihnen fremd, obwohl doch alles so einfach war. Diese einfältige Polizistin, die einfach an ihrer Tür geklopft hatte. Ach, wenn ein Mord immer so leicht aufzuklären wäre, dann könnte man auch ungelernte Bäcker dafür einstellen.

Susanne musste lachen. Sie hielt sich in diesem Moment für die schlaueste Person weit und breit. Sie musste nur eine Woche oder zwei ausharren in diesem Zimmer, bis sie endgültig von der Bildfläche verschwinden würde. Alles war in Vorbereitung. Das Ticket nach Mallorca, der neue Pass. Es würde nie wieder jemand von ihnen beiden hören. Sie konnten zusammen ein neues Leben anfangen. Geld gab es genug.

Und vielleicht hörten dann auch endlich die Stimmen auf, wenn sie am Strand in der Sonne lag. Es musste doch irgendwann genug sein. Sie hatten sie so lange gequält. Immer diese Schreie, genauso wie Sabrina, als sie auf dem Rücksitz lag und nicht wusste, was da gerade geschah. Es musste ihr so kalt gewesen sein, dem kleinen Schatz. Und sie, Susanne, sie hatte ihr nicht helfen können. Dieses Gefühl, als plötzlich alles ruhig war, sie würde es nie vergessen. Sie wusste im ersten Augenblick, dass Sabrina tot war. Sie hatte dagesessen und ihrem Baby beim Sterben zugehört.

Nicht einmal ihr Therapeut konnte nachvollziehen, was in dem Moment in ihr vorgegangen war. Sie musste etwas unternehmen gegen diesen Schmerz. Und sie hatte ihren Weg gefunden.

Es waren ja nicht nur diese Stimmen, die sie quälten, da war auch dieses Licht. Gelb auf schwarzem Grund. Es hatte sich in ihr Hirn eingebrannt. Seitdem musste sie immer wegsehen, wenn sie eines dieser Taxis auf den Straßen sah. Über eine Woche hatte sie, nachdem man sie aus dem Krankenhaus entlassen hatte, weil ihr im Grunde gar nichts weiter fehlte, im Bett gelegen und an die Decke gestarrt. Sie wollte am liebsten tot sein. Doch es starb sich nicht so leicht, wenn man darauf wartete. Man hatte ihr das Herz herausgerissen und trotzdem lebte sie weiter.

Ihre Mutter hatte sich so rührend um sie gekümmert. Die kleine Sabrina wurde im Stillen begraben.

Die Suche

Guntram hätte den Mann am liebsten am Kragen gepackt und geschüttelt. Sicher wusste er irgendwas über Susanne und wohin sie sich flüchten würde, wenn sie in die Enge getrieben wurde. Therapeuten wussten doch immer alles. Und sie sagten nichts aus falsch verstandenem Standesdünkel. Schweigepflicht nannten sie es, wenn sie mit süffisantem Lächeln die bösesten Geheimnisse ihrer Patienten für sich behielten.

Und so war es auch jetzt gelaufen.

»Es tut mir leid, wenn ich Ihnen da im Moment nicht weiterhelfen kann«, sagte Dr. Peters und wies in Richtung Tür.

Und mir tut es leid, wenn ich dir gleich die Fresse poliere, dachte Guntram.

»Ich komme wieder«, sagte er in drohendem Ton, »und dann werden Sie reden müssen.«

Er verließ den Raum und schloss missmutig die Tür hinter sich. Das Vorzimmer war leer. Die Sekretärin musste für einen kurzen Moment ihren Platz verlassen haben. Guntram konnte nicht anders und warf einen Blick auf ihren Bildschirm. Der Kalender mit den Patientennamen war geöffnet. Scheiß auf Schweigepflicht, dachte Guntram. Ihn interessierten die anderen

Bekloppten, die zu Peters kamen sowieso nicht. Er wollte nur wissen, wann Susanne Brandt hier wieder aufschlagen würde. Und dann hielt er plötzlich den Atem an, als er über einen ganz anderen Namen stolperte. Katrin Birgner, 14 Uhr. Das war heute gewesen. Guntram schluckte hart. Noch weigerte sich sein Gehirn, das zu verarbeiten, was seine Augen sahen. Seine Frau war heute hier gewesen. Sie hatte ihn angelogen, als sie sagte, dass sie nach Hause zu Sarah ging. Und vielleicht war es nicht das erste Mal gewesen. Ihre merkwürdigen Stimmungsschwankungen, die Sache mit Sarah. Plötzlich machte alles einen Sinn. Katrin brauchte Hilfe. Jemanden, mit dem sie reden konnte. Es gab ihm einen Stich ins Herz, dass er nicht derjenige war, dem sie sich anvertraute. Nein, lieber sprach sie mit so einem Quacksalber da hinter der verschlossenen Tür. Das tat verdammt weh.

Er hörte ein Geräusch und tat schnell so, als suche er nach einem Kontakt in seinem Handy.

»Sie sind schon fertig?«, fragte die Sekretärin und sah ihn misstrauisch an. Sie bemerkte, dass sie vergessen hatte, den Bildschirm zu sperren und setzte sich schnell hinter ihren Schreibtisch.

»Alles in Ordnung«, sagte Guntram und verließ die Praxis.

In der Dienststelle traf er auf Tina und erzählte ihr alles. Jedenfalls fast. Den Part mit Katrins Besuch beim Therapeuten ließ er weg.

»Dann hat diese Brunhilde Brandt von Anfang an gelogen«, stellte Tina pragmatisch fest. »Es ist doch klar, dass sie ihre Tochter schützt.«

»Klar, aber wo ist Susanne jetzt? Katrin und ich haben das Haus der Brandt auf den Kopf gestellt. Da ist sie nicht.«

»Sie könnte bei einer Freundin untergetaucht sein«, schlug Tina vor.

»Sicher. Aber ihre Mutter sagt, sie hat keine. Aber auch das ist sicher gelogen, schon klar.«

»Wo ist eigentlich Katrin?«

»Zuhause.«

»Tatsächlich? Jetzt so kurz vor der Lösung des Falles.«

»Ja, es ging um Sarah. Sie wollte lieber nach Hause gehen.«

Tina spürte, dass er ihr nicht die ganze Wahrheit sagte, bohrte aber nicht weiter nach. Es war jetzt wichtig, diese Susanne Brandt zu finden.

»Paps, lass uns doch noch mal bei Regina Schmidt vorbeifahren«, schlug sie vor, »ich meine, bevor wir hier untätig in der Dienststelle rumsitzen.«

»Wozu?«, fragte Guntram, der in Gedanken noch bei Katrin war.

»Na ja, wenn diese Susanne immer bei ihrer Mutter war, und das auch mit dem Kinderwagen, dann muss Regina Schmidt doch etwas davon mitbekommen haben. Vielleicht haben sie sich sogar besser gekannt und miteinander geredet. Womöglich weiß sie mehr als die Mutter über das, was Susanne noch an Kontakten hat. Oft ist das ja so.«

»Mensch Tina, du hast recht. Denkst du, dass du das schaffst, ich meine …«.

»Paps, jetzt hör aber auf. Ich laufe an Krücken und nicht auf den Ellbogen.«

»Schon gut, ich meine ja nur. Dann lass uns los.«

Kurz darauf hielten sie erneut vor dem Haus von Regina Schmidt, wo bereits alle Jalousien heruntergezogen waren. Guntram half seiner Tochter aus dem Wagen und die wenigen Stufen zum Haus hinauf. Dann drückte er auf die Klingel.

Es dauerte eine ganze Weile, bis Regina Schmidt endlich öffnete.

»Sie?«, fragte sie, als fühlte sie sich bei irgendetwas ertappt.

»Dürfen wir kurz reinkommen?«, fragte Guntram, der etwas in ihrem Blick gesehen hatte, das ihm noch rätselhaft erschien. Sonst, wenn er vorbeikam, hatte sie immer eine gewisse Dankbarkeit gezeigt. Dafür, dass man ihr half, den Mörder ihres Mannes zu finden. Doch eben, da sah das irgendwie ganz anders aus. Sie schien sich bei irgendwas gestört zu fühlen.

»Was gibt es denn?«, fragte Regina, »eigentlich wollte ich mich gleich hinlegen. Ich habe Kopfschmerzen.«

»Es dauert nicht lange«, sagte Guntram, »nur ein paar Fragen zu Frau Brandt.«

»Brunhilde? Was ist mir ihr?«

»Lassen Sie uns reingehen, das muss nicht jeder wissen.«

Endlich willigte Regina Schmidt ein und ging voraus in die Küche. Guntram registrierte, dass auf der Spüle zwei benutzte Kaffeebecher und Frühstücksteller standen.

»Sie hatten Besuch?«, fragte er.

»Wie?«

»Die Tassen und die Teller da«, antwortete er und zeigte in die Richtung.

»Ach so, nein, das habe ich benutzt.«

»Aha.«

»Hatten Sie einen Unfall?«, fragte Regina jetzt teilnahmsvoll an Tina gewandt.

Sie will das Thema wechseln, dachte Guntram alarmiert.

»Ja«, sagte Tina, »aber das ist schon eine Weile her.«

»Könnte ich mal Ihr Bad benutzen?«, fragte Guntram, schon geübt in dieser Art der Recherche.

»Sicher«, antwortete Regina, »im Flur dann gleich links.«

Er verschwand aus der Küche.

»Es war ein Autounfall«, fuhr Tina fort, weil sie wusste, dass ihr Vater Zeit gewinnen musste. »Ziemlich schwer sogar. Im letzten Jahr in Hannover während meiner Ausbildung zur Polizistin.«

»Und es wird wieder ganz in Ordnung kommen?«, fragte Regina und sah dabei immer wieder unsicher zur Tür.

»Doch, meine Ärzte denken, dass ich gute Chancen habe, wieder ganz auf die Beine zu kommen. Das mit Ihrem Mann tut mir übrigens sehr leid.«

»Oh, danke. Heute war die Beerdigung. Es war alles sehr anstrengend für mich. Vielleicht habe ich auch deshalb die Kopfschmerzen.«

»Wir sind auf der Suche nach Susanne Brandt, der Tochter Ihrer Nachbarin.«

»Susanne? Warum das denn?« Wieder dieser Blick zur Tür.

»Sie ist dringend tatverdächtig, Ihren Mann ermordet zu haben«, sagte Tina ohne Umschweife.

»Susanne?«, wiederholte Regina. »Das kann ich mir nicht vorstellen.«

»Warum nicht?«

»Na ja, sie ist doch noch ein Kind.«

»Sie ist achtundzwanzig«, korrigierte Tina. »Und sie hat selber schon einmal ein Kind gehabt, aber das wissen Sie sicher.«

Regina faltete die Hände auf dem Tisch. »Wo bleibt eigentlich Ihr Kollege?«

»Er ist gleich wieder da«, sagte Tina, »manchmal, da liegt ihm das Essen schwer im Magen. Sie wussten also, dass Susanne eine Tochter hatte?«

»Was? Ja, sicher. Davon wusste ich. Auch eine schlimme Sache. Aber warum sollte sie jetzt Simon etwas angetan haben? Ich verstehe das nicht.«

»So genau wissen wir das auch nicht«, sagte Tina und wollte fortfahren, als von draußen vom Flur ein ohrenbetäubender Lärm zu hören war. So, als hätte jemand eine Tür mit aller Wucht zugeschlagen.

»Halt!«, hörten sie Guntram im nächsten Moment rufen, »bleiben Sie stehen. Es hat keinen Sinn mehr, wegzulaufen. Sie machen alles nur noch schlimmer.«

Tina schnappte ihre Krücken, um ihm beizustehen, doch sie wusste, dass sie nichts würde ausrichten können.

»Was ist da los?«, fragte Regina und blieb trotzdem sitzen.

Das wunderte Tina.

»Sie wissen genau, was da los ist«, sagte sie, »oder, Frau Schmidt?«

Regina schüttelte energisch mit dem Kopf.

»Oh doch. Sie haben Susanne hier beherbergt, habe ich recht. Und jetzt ist sie vor meinem Vater, der sie gefunden hat, weggelaufen.«

»Ihr Vater?«

»Ja, erwähnte ich das noch nicht? Kommissar Guntram ist mein Vater.«

Wieder laute Stimmen draußen.

Guntram erholte sich gerade von einem derben Schlag, den er in die Magengrube bekommen hatte, als er unten den Keller inspizierte. Im letzten Moment war es ihm gelungen, nach dem Kleid von Susanne Brandt zu greifen, die sich hier unten offensichtlich versteckt gehalten hatte. Der Stoff riss und sie rannte die schmalen Stufen in Windeseile hinauf und schlug die Kellertür hinter sich zu. Guntram nahm den Kinderwagen, der unter der Treppe stand, das erste Mal wahr und hechtete hinter ihr her.

Wäre sie nicht gestolpert, wäre es ihr wohl gelungen, die Flucht zu ergreifen. Doch jetzt hielt er sie mit festem

Griff, einen Arm auf den Rücken gedreht und wählte mit der freien Hand die Nummer seiner Kollegen.

»Und jetzt kommen Sie schön mit«, sagte er zu Susanne, die sich immer noch wehrte. Er zerrte sie mit sich in die Küche, wo Regina von einem Moment auf den anderen sämtliche Gesichtszüge entglitten.

Guntram drückte Susanne auf einen Stuhl und schloss die Tür hinter sich. »Und jetzt wird geredet«, sagte er, »was ist hier eigentlich los? Warum verstecken Sie, Frau Schmidt, die Mörderin Ihres Mannes in Ihrem Keller?«

Beide, Regina als auch Susanne schwiegen beharrlich, bis die Kollegen von der Streife kamen, und die beiden abführten.

»Auch gut«, sagte Guntram zu Tina, »dann quetschen wir sie eben gleich in der Dienststelle aus. «

Das Verhör

Vom Wagen aus hatte Guntram Katrin über die Festnahme informiert und sie wollte beim Verhör dabei sein. Ihre Stimme klang während des Gesprächs wie immer, dachte er, als er auflegte. Man hörte es Menschen eben nicht an, wenn sie einen permanent anlogen. Doch das musste auf einen anderen Zeitpunkt verschoben werden. Aber er würde mit ihr reden müssen. Und sie endlich mit ihm.

Man hatte Regina Schmidt und Susanne Brandt in einzelne Verhörräume gebracht.

»Womit fangen wir an?«, fragte Tina.

»Ich würde sagen, mit Susanne«, meinte Guntram, »sie ist unsere Hauptverdächtige.«

Die Tür ging auf und Katrin kam herein.

»Hallo«, sagte sie, »das ging ja schnell. Wie konntet ihr Susanne Brandt denn bei Regina Schmidt finden?«

»Das haben wir Tina zu verdanken«, sagte Guntram voller Stolz in der Stimme. »Sie hat vorgeschlagen, dass wir noch einmal mit ihr reden. Und Bingo.«

»Na ja«, wehrte Tina ab, »es war Paps, der sich in den Keller geschlichen hat.«

»Ach, wieder die Nummer«, lachte Katrin. »Aber warum hat Regina Schmidt den Mörder ihres Mannes in ihrem Haus versteckt? Das verstehe ich nicht ganz.«

»Wir auch nicht«, sagte Guntram, »deshalb werden wir jetzt mit Susanne Brandt reden. Kommt ihr mit?«

»Nein, ich bleibe lieber im Büro und sehe mir das Ganze von da aus an«, sagte Tina, »macht ihr beiden das man.«

Sie humpelte auf ihren Krücken davon.

»Du kannst stolz auf sie sein«, flüsterte Katrin ihm zu.

»Ich weiß«, raunte Guntram und suchte nach einem Zeichen des schlechten Gewissens in ihren Augen. Doch er fand nichts.

Sie gingen in das Verhörzimmer, wo Susanne Brandt mit verschränkten Armen am Tisch saß.

»Frau Brandt«, begann Guntram ohne Umschweife, »Sie wissen, warum wir Sie hier festhalten. Sie werden verdächtigt, den Taxisfahrer Simon Schmidt heimtückisch von hinten erwürgt zu haben.«

Susanne Brandt saß teilnahmslos da und sagte nichts.

»Taxifahrer«, wiederholte Guntram, »da muss doch was bei Ihnen klingeln, oder?« Er wusste, dass er sie damit quälte. Doch irgendwie musste er sie aus der Reserve locken. »Wir haben mit Ihrer Mutter gesprochen. Sie hat uns alles erzählt von dem schrecklichen Unfall, bei dem Sie ihre Tochter verloren haben. Sie hieß Sabrina, richtig?«

Es zuckte um Susannes Augen.

»Hören Sie«, mischte sich Katrin ein, die im Schnelldurchlauf von Guntram über alle Fakten aufgeklärt worden war. »Das, was mit Ihrer Tochter geschehen ist, ist durch nichts zu entschuldigen. Die Kleine, sie könnte noch leben, wenn Simon Schmidt Ihnen an dem tragischen Morgen geholfen hätte. Doch er hat es nicht getan. Sabrina ist tot. Musste auch er deshalb sterben?«

Zwei Augenpaare ruhten jetzt auf der jungen Frau, deren Knöchel ihrer Hände, die sie um sich selbst geschlungen hatte, weiß hervortraten.

»Wie haben Sie es geschafft, dass Simon Schmidt mit seinem Taxi gehalten ist?«, fragte Guntram, »Sie sind doch an dem Morgen mit ihrem Kinderwagen und der Puppe dort unterwegs gewesen. Hat er gehalten, weil er Ihnen helfen wollte? War es Zufall, dass Sie ihn dort getroffen haben? Doch sicher nicht. Ich denke, Sie sind gezielt dort unterwegs gewesen, um ihn zu ermorden. Hab ich recht? Sicher haben Sie nach ihm gewunken, und weil er sie erkannt hat, da ist er angehalten, um sie mitzunehmen.«

Susanne Brandt verzog keine Miene.

»Hören Sie, wir halten Sie bestimmt nicht für eine eiskalte Killerin. Doch es muss Sie doch ganz wahnsinnig gemacht haben, als sie erkannten, dass der Schuldige am Tod ihrer kleinen Tochter direkt neben Ihrer Mutter wohnt. Ich kann das verstehen, mir wäre es bestimmt genauso gegangen«, sagte Katrin. »Sie haben sich vielleicht außer dem leuchtenden Taxischild noch das Nummernschild merken können. Doch es ist Ihnen erst viel später wieder eingefallen, als der erste Schock über den Verlust Ihres geliebten Kindes langsam nachgelassen hat.«

»Da hat gar nichts nachgelassen«, sagte Susanne jetzt mit harter Stimme. »So ein Schmerz, der hört niemals auf. Ich höre jede Nacht das leise Wimmern meines Babys. Und dann hörte es plötzlich auf. Es war einfach still. Es war so still, dass es wehtat. Und ich konnte nichts tun, weil ich im Wagen eingeklemmt war. Sie sind doch auch eine Frau, Sie müssen das verstehen können, wie sehr es einem das Herz zerreißt, wenn das eigene Kind hinter einem stirbt und man nichts tun kann.«

»Oh ja«, sagte Katrin, »ich kann Sie sehr gut verstehen. Aber das rechtfertigt keinen Mord.«

»Sie sind wirklich sehr naiv«, sagte Susanne jetzt gefasst, »ich habe Simon Schmidt nicht ermordet.«

»Es hilft nichts, wenn Sie es weiter leugnen«, mahnte Guntram, »früher oder später können wir es Ihnen sowieso beweisen, weil Sie im Taxi gewesen sind.«

»Das könnte ich doch jederzeit gewesen sein, das beweist gar nichts.«

Da hatte sie natürlich recht, dachte er zerknirscht.

»Dann geben Sie also zu, dass Sie Simon Schmidt in seinem Taxi erwürgt haben, weil er schuld am Tod Ihrer Tochter war«, sagte er.

Susanne schüttelte den Kopf und zog die Mundwinkel betont hoch.

»Hören Sie mir denn gar nicht zu? Ich habe Simon Schmidt nicht erwürgt.«

»Aber Sie waren an dem Morgen am Tatort. Man hat Sie dort mit Ihrem Kinderwagen gesehen. Es gibt Zeugen, Sie kommen aus der Nummer nicht wieder raus.«

»Was für Zeugen?«

»Mehrere, die sich gemeldet haben. Jetzt muss ich Sie fragen, wie naiv Sie sind, wenn Sie glauben, dass eine Frau, die in der eisigen Kälte am Morgen mit einem Kinderwagen an der B70 spazieren geht, nicht auffällt.«

Susanne senkte ihren Blick und sah auf ihre Hände.

»Sie haben recht«, sagte sie dann.

Na endlich, schickte Guntram ein stilles Dankeschön zur Decke.

»Aber es ist anders, als Sie glauben«, fuhr Susanne fort. »Ich war an dem Morgen dort mit meinem

Kinderwagen unterwegs. Aber ich habe Simon Schmidt nicht umgebracht.«

»Ach so? Und wer war es dann?«

»Regina«, sagte Susanne und Guntram fiel die Kinnlade runter.

»Sie wollen behaupten, dass Regina Schmidt ihren Ehemann ermordet hat?«

»Genau. Fragen Sie sie doch selber, wenn Sie mir nicht glauben.«

»Und was haben Sie damit zu tun?«

»Ich habe ihr geholfen.«

»Das ist doch Quatsch. Regina Schmidt hat ein wasserdichtes Alibi. Sie war bei der Arbeit in der Klinik in Emden.«

»Tatsächlich? Herr Kommissar, da muss ich Sie leider korrigieren. Sie sollten das Alibi dringend überprüfen.«

Spielte sie jetzt mit ihm, oder sagte sie die Wahrheit? Und die andere Frage war, warum sie so eine Geschichte erfinden sollte. So oder so war sie am Mord an Simon Schmidt beteiligt, wenn sie den Lockvogel gespielt haben sollte.

»Sie geben also zu, dass Sie mit Regina Schmidt gemeinsame Sache gemacht haben. Sie beide haben den heimtückischen Mord an Simon Schmidt geplant.«

Susanne nickte zustimmend.

»Dann sollten Sie jetzt ein Geständnis ablegen, das noch zu Ihren Gunsten ausgelegt werden kann«, schlug Katrin vor, der die junge Frau in gewisser Weise immer noch leidtat.

»Es ist doch ganz einfach«, sagte Susanne und schien sich überlegen zu fühlen. »Ich habe Regina in einer stillen Stunde vom Tod meiner Tochter erzählt. Von dem Taxi, das einfach weitergefahren ist. Ich wusste nicht, dass es Simon war. Ich hatte nur das Taxischild gesehen. Doch irgendwann, da war es Regina, die nicht mehr von dem Gedanken abzubringen war, dass ihr Ehemann ein kleines Kind auf dem Gewissen hatte. Und ja, ich habe sie dann in dem Glauben bestätigt. Es hat mir sogar Spaß gemacht. Es sind doch alle Taxifahrer gleich. Wer sagt denn, dass es nicht Simon Schmidt war, der mich und Sabrina im Stich gelassen hat?«

»Aber Sie können doch nicht einfach jemanden töten, nur weil er Taxi fährt«, sagte Katrin und konnte gar nicht glauben, was sie da eben gehört hatte.

»Das war doch irgendwann sowieso egal«, sagte Susanne, »ich konnte Regina nicht mehr davon abbringen. Sie hat sich so in den Gedanken verfressen, dass sie Simon kaum noch in die Augen sehen konnte. Es gab immer öfter Streit zwischen den beiden, da können Sie meine Mutter fragen, die wohnt ja nebenan.«

»Wusste Ihre Mutter von Ihren Plänen?«, fragte Guntram, der sich daran erinnerte, dass Brunhilde tatsächlich etwas von lauten Streitereien erwähnt hatte.

»Nein, Mama wusste davon nichts, das schwöre ich. Es war alleine die Sache zwischen mir und Regina.«

»Sie hat die Sache geplant, ich meine für diesen Morgen, oder?«, fragte Katrin instinktiv.

»Ja sicher. Woher sollte ich denn wissen, wohin Simon fährt. Aber sie, sie hat Zuhause immer mitgehört, den Taxifunk, meine ich. Deshalb wusste sie auch, dass Simon nach Rhauderfehn fahren würde. Er hat da irgendso eine Tusse abgeliefert, die Bücher schreibt. Regina hat mich angerufen und ich bin mit meinem Wagen und dem Kinderwagen im Kofferraum nach Breinermoor gefahren und hab mir da den Arsch abgefroren, bis endlich Simon vorbeikam.«

»Wie haben Sie es angestellt?«

»Ach, das war ganz leicht. Als ich Simons Taxi sah, da bin ich zur Straße gegangen und hab gewunken. Er hat mich gleich erkannt und ist angehalten. Ich hab ihn gefragt, ob er mich vielleicht mitnehmen kann, weil mein Wagen eine Panne hat. Und da Simon ein guter Mensch war ...«.

»Verstehe. Als sie ihn ablenkten, ist Regina unbemerkt in den Wagen gestiegen.«

»Richtig. Simon hat den Kinderwagen im Kofferraum verstaut. Er wusste, dass darin nur eine Puppe war, aber er hat mitgespielt. Wahrscheinlich hab ich ihm sogar noch leidgetan. Ach, wenn der gewusst hätte, was ihm in den nächsten Minuten bevorstand. Na ja, auf jeden Fall ist er wieder eingestiegen, und ich auf den Beifahrersitz. Noch bevor er starten konnte, hat Regina ihm die Schlinge um den Hals geworfen und zugedrückt. Sie hat dabei irgendwie gelacht.«

Katrin drehte sich angewidert ab.

»Frau Brandt, ich nehme Sie wegen Beihilfe zum Mord an Simon Schmidt fest«, sagte Guntram und stand auf. »Man wird Sie gleich in eine Zelle bringen.«

Er und Katrin verließen den Verhörraum.

»Einfach nur noch krank«, sagte Karin.

»Wo ist meine Tochter?«, hörten sie plötzlich eine Frau rufen und erkannten im nächsten Moment Brunhilde Brandt, die ihnen im Flur praktisch den Weg abschnitt.

»Ihre Tochter hat soeben gestanden, an dem Mord an Simon Schmidt beteiligt gewesen zu sein«, sagte Guntram in rüdem Ton, »gemeinsam mit Ihrer Nachbarin.«

»Regina und Susanne haben ...«. Weiter kam Brunhilde nicht, denn sie sackte in sich zusammen und Guntram gelang es gerade noch, sie aufzufangen, bevor sie auf den Fliesenboden schlug.

»Auch das noch«, brummte Guntram und schleifte die Frau zum nächsten Stuhl. »Kannst du einen Sanitäter rufen?«

»Sicher«, sagte Katrin und wählte mit ihrem Handy den Notruf.

Anschließend baten sie einen Kollegen, sich solange um die Frau, die langsam wieder zu sich kam, zu kümmern, bis der Arzt da war.

»Jetzt noch Regina Schmidt«, sagte Guntram, »wenn sie die Sache bestätigt, dann haben wir alles im Kasten.«

Regina Schmidt wartete bereits ungeduldig, als die Tür endlich aufging und die Beamten hereinkamen.

»Sie brauchen sich keine großen Ausreden mehr überlegen«, sagte Guntram, »Susanne Brandt hat bereits alles gestanden.«

»Ach so?«

»Ja. Sie hat Ihnen dabei geholfen, Ihren Ehemann aus dem Weg zu räumen, den Sie kaltblütig von hinten in seinem Taxi erdrosselt haben. Trifft das insoweit zu?«

Regina Schmidt schluckte. Wahrscheinlich hatte sie nicht damit gerechnet, dass Susanne es der Polizei so leicht machen würde.

»Ja, es stimmt«, sagte sie trocken und lehnte sich auf den Tisch.

»Und warum?«, fragte Katrin, »war es wirklich nur deshalb, weil Susanne Ihnen einreden konnte, dass er an dem Tod ihrer Tochter schuldig ist?«

Regina lachte kurz auf. »Hat sie das etwa behauptet?«

»So in der Art.«

»Da soll sie den Mund man nur nicht zu voll nehmen«, fuhr Regina fort, »natürlich war es schrecklich, was mit ihrer Tochter passiert ist. Aber sie wusste ja gar nicht genau, ob es auch wirklich Simon war, der das Taxi gefahren ist, das sich dann aus dem Staub gemacht hat.«

»Und wieso haben Sie Ihren Mann dann getötet?«

Regina Schmidt schien angestrengt nachzudenken. Vielleicht feilte sie auch nur an der richtigen Formulierung, denn einen Weg hinaus gab es für sie an dieser Stelle nicht mehr.

»Sie wissen nicht, wie das ist«, begann sie, »wenn ein Mann plötzlich Zuhause ist und in seinem Leben keinen Sinn mehr sieht ...«.

Sie stockte.

»Bitte«, forderte Katrin sie auf, »erzählen Sie weiter.«

»Damals, als er seine Arbeit in der Druckerei verlor, da fiel für ihn ein Kartenhaus zusammen. Er hatte dort seit seiner Ausbildung gearbeitet und plötzlich, da brauchte man ihn nicht mehr. Es ging nicht ums Geld, wissen Sie, wir konnten von seinem Arbeitslosengeld und meinem

Gehalt in der Klinik gut leben. Um Geld ist es bei seiner Wut nie gegangen.«

»Wut? Gegen wen?«

»Ach, gegen alles und jeden. Simon hat plötzlich Dinge getan, die ich niemals von ihm erwartet hätte. Er ist ein ganz anderer geworden.«

»Was genau meinen Sie damit?«

»Ach, es sind so viele kleine Dinge, die sich dann immer weiter anhäufen und den Menschen, den man zu lieben glaubt, in ein fremdes Wesen verwandeln. Er stand morgens einfach nicht mehr auf, saß die halbe Nacht vor dem Fernseher und trank. Unser ganzes schönes Leben war mit einem Schlag vorbei. Am Anfang, da habe ich noch versucht, ihn zu motivieren, mit zu frühstücken und etwas zu unternehmen. Doch er hat mich nur noch angeschrien, ich solle ihn endlich in Ruhe lassen. Er sei doch sowieso nur noch nutzlos.«

»Wie lange ging das so?«

Regina wischte sich übers Gesicht und atmete hörbar aus. »Was weiß ich, vielleicht zwei Jahre. Ich konnte kaum noch schlafen und bei der Arbeit war ich nicht mehr so richtig bei der Sache. Irgendwann fiel es den anderen auf, dass ich Dinge vergaß, nur noch gähnte und immer mehr die Lust an allem verlor. Ja, Simons Verhalten, es hat mich krank gemacht.«

»Und dann hat Ihnen Susanne die Geschichte von ihrem Unfall mit dem Taxi aufgetischt«, sagte Katrin, »war es so?«

»Wann sie es mir erzählt hat, das weiß ich gar nicht mehr so genau. Aber vielleicht war es zu der Zeit, als Simon schon Taxi fuhr. Es war so nebenbei, eines Tages beim Tee. Zu Anfang habe ich es gar nicht mit Simon in Verbindung gebracht, doch irgendwann, da hat sich in mir der Gedanke eingefressen, dass er ein kleines Baby auf dem Gewissen hat.«

»Und Susanne hat diesen Gedanken geschürt, nehme ich an«, sagte Katrin.

»Vielleicht. Ja, doch, wir haben viel darüber gesprochen. Und auch, als Simon den Job als Taxifahrer annahm, hat er sein Verhalten nicht wesentlich wieder geändert. Wir haben nur noch nebeneinander her gelebt. Ich glaube, ich habe da irgendwann angefangen, ihn zu hassen.«

»Aber ist das alles wirklich ein Grund, jemanden zu töten?«, fragte Guntram. »Ich meine, wenn jetzt alle Frauen, die ...«.

Katrin stieß ihn unter dem Tisch mit ihrem Fuß gegens Bein und er verstummte.

»Wann haben Sie den Plan gefasst, etwas gegen Simon zu unternehmen?«, fragte Katrin.

Regina zog die Schultern hoch. »Ich weiß nicht, vielleicht vor einem halben Jahr oder so. Wir hatten Wein getrunken, Susanne und ich. Irgendwie haben wir uns gegenseitig unser Leid geklagt. Die arme, sie hat den Tod ihres kleinen Mädchens nie verwinden können. Sie wissen ja sicher, dass sie in psychologischer Betreuung war. Und dass sie immer mit diesem Kinderwagen unterwegs war, in dem nur eine Puppe lag. Viele haben sie für verrückt gehalten. Sie war genauso alleine wie ich.«

»Sie haben also gemeinsam getrunken und dann haben sie sich diesen Plan ausgedacht, Simon zu ermorden?«

»Ich weiß nicht, ob es genau an dem Abend war, aber irgendwann, da war es kein ungeheuerlicher Gedanke mehr, Simon aus dem Weg zu räumen, sondern eher eine Notwendigkeit, verstehen Sie?«

Katrin und Guntram sahen sich an. Natürlich verstanden sie das nicht.

»Frau Schmidt, geben Sie zu, dass Sie gemeinsam mit Susanne Brandt den heimtückischen Mord an Ihrem Ehemann Simon Schmidt geplant und ausgeführt haben?«

Regina nickte stumm.

»Dann nehme ich Sie hiermit fest und lasse Sie in eine Zelle überführen.«

Guntram hatte die Nase voll, das wurde Katrin klar.

»Soll ich mit Brunhilde Brandt sprechen?«, fragte sie ihn auf dem Flur.

»Wenn du dazu noch Bock hast, ich jedenfalls nicht.«

Er verschwand in seinem Büro und Katrin ging nach draußen zum Krankenwagen, wo Brunhilde noch immer versorgt wurde.

»Sie haben gestanden«, sagte Guntram zu Tina, die dort gewartet hatte.

»Ich weiß«, antwortete seine Tochter, »ich hab mir alles angehört.«

»Verrückt, diese Weiber, oder was sagst du?« Er ließ sich auf seinen Bürostuhl sinken.

»Ja, das ist wirklich verrückt. Die beiden sind verrückt. Aber leider sieht man es Menschen nicht immer an.«

Da sagst du was, dachte Guntram. Noch immer stand die Frage im Raum, warum Katrins Name in dem Kalender von diesem Dr. Peters gestanden hatte.

»Jetzt kommt eine Menge Papierkram auf uns zu«, sagte er.

»Das kann ich erledigen«, bot Tina an, »ich möchte mich ja auch nützlich machen.«

»Das ist lieb von dir, mein Schatz«, erwiderte Guntram.

»Nein, es ist mein Job«, korrigierte sie ihn und lächelte ihn verschmitzt an. »Mathias hat übrigens angerufen. Er kommt morgen zurück in den Dienst.«

»War ja klar, dass er sich wieder die Rosinen rauspickt«, brummte Guntram, »lässt uns die Arbeit machen und steht dann fett mit in der Zeitung.«

»Also wirklich Paps, jetzt bist du aber ungerecht.«

»Bin ich das nicht immer ...«.

Katrin stieß zu ihnen. »Sie wird jetzt nach Hause gebracht«, sagte sie.

»Wer?«, fragte Guntram.

»Na, Brunhilde Brandt.«

»Ach so.« Er hatte sie schon längst aus seinem Gedächtnis gestrichen.

»Ich fahr dann jetzt nach Hause zu Sarah«, sagte Katrin.

Tatsächlich?, lag es Guntram auf der Zunge, doch er biss lieber darauf. Das offene Gespräch, es musste noch warten.

Es ist privat

Katrin fuhr tatsächlich nach Hause. So, wie sie gesagt hatte. Die Kinderfrau räumte noch die Geschirrspüle aus und verabschiedete sich dann.

»Na, mein kleiner Sonnenschein«, sagte Katrin und setzte sich zu Sarah aufs Sofa. »Wollen wir mit Betsy spielen?«

Die Kleine strahlte ihre Mutter an. Und plötzlich tat Katrin alles so leid, was in der letzten Zeit passiert war. Wie konnte sie nur so neben sich stehen? Vielleicht trug auch das Schicksal von Susanne Brandt dazu bei, dass sie plötzlich weinte und Sarah ganz fest in die Arme nahm.

Tina hatte sich, nachdem sie eines der Geständnisse abgetippt hatte, auf den Heimweg gemacht.

»Mach nicht mehr so lange, Paps«, hatte sie gesagt und ihm einen Kuss auf die Wange gegeben.«

»Bestimmt nicht«, hatte er geantwortet und die Füße vom Tisch gezogen. Er war tatsächlich eingeschlafen.

Ein Kollege fuhr Tina nach Hause zu Frau Haubrich. Die alte Dame wartete bereits mit dem Tee auf ihre Mieterin.

»Du bist aber immer lange in der Dienststelle«, empfing sie Tina, »komm, jetzt machen wir es uns erst einmal gemütlich.«

»Wir haben den Fall gelöst«, sagte Tina und setzte sich dankbar auf das Sofa.

»Tatsächlich.« Frau Haubrich war ganz Ohr, während sie den Tee einschenkte.

Nachdem Tina ihr die Vorfälle der letzten Stunden in allen Einzelheiten berichtet hatte, blieb noch eine Sache, die sie jetzt endlich loswerden musste.

»Frau Haubrich«, begann sie stockend, »es gibt da noch etwas, das ich mit Ihnen besprechen muss.«

»Ach ja?«

»Es ist so, ich finde es total nett, wie Sie mich hier bei sich aufgenommen haben und umsorgen, aber ...«.

»Ich verstehe schon Kindchen«, sagte die alte Dame und rückte näher an Tina heran. »Du möchtest wieder in deine eigene Wohnung gehen.«

Tina fiel ein Stein vom Herzen. »Das stimmt«, sagte sie, »irgendwie ... Sie meinen es ja sicher nett, aber ...«.

»Ach, nun hör mal. Ich war doch auch einmal jung. Man will seine eigenen Erfahrungen machen. Und natürlich brauchst du auch deine Privatsphäre. Aber denkst du denn, dass du es schon schaffen kannst, alleine die Treppen nach oben zu kommen?«

»Ich muss es versuchen«, sagte Tina, »sonst werde ich es nie erfahren.«

»Ja, du hast völlig recht. Wenn ich dir dabei helfen kann, dann tue ich das gerne.«

»Das ist wirklich sehr freundlich von Ihnen.«

»Ach, papperlapapp, das ist völlig eigennützig von mir. Ich möchte so eine wunderbare Mieterin doch nicht verlieren.« Sie lächelte. »Gemeinsam schaffen wir das. Und wenn alle Stricke reißen, dann kann ich auch nach oben ziehen, ich bin ja noch gut zu Fuß.«

Jetzt musste auch Tina lachen. »Sie sind vielleicht eine Marke«, sagte sie und Frau Haubrich holte ihren besten Likör aus dem Schrank, um gemeinsam mit Tina anzustoßen.

Es ging auf acht Uhr zu. So langsam musste Guntram sich auf den Weg machen, sonst würde Katrin sich fragen, wo er blieb. Und er war es nicht, der hier auf die Anklagebank gehörte, dachte er und packte seinen Kram zusammen und machte die Schreibtischlampe aus.

Sollte er auf dem Heimweg vielleicht noch einen guten Rotwein besorgen? Er entschied sich dagegen, weil es eben doch kein schöner Anlass war, wenn man seiner Frau auf den Zahn fühlen musste, warum sie einen nach Strich und Faden belog.

Als er die Haustür aufschloss, kam ihm Whisky schwanzwedelnd entgegen, es roch herrlich nach mediterranem Gemüse und Katrin und Sarah unterhielten sich in der Küche über einen Elefanten, der nicht übers Eis gehen mochte.

Bin ich im falschen Film, dachte er und versuchte, sich aus seinem Stimmungstief zu hieven. Er hängte seine Jacke an den Haken und strich Whisky über den Kopf. »Nehmen hier jetzt alle Drogen«, flüsterte er dem Hund ins Ohr und ging dann weiter.

»Es riecht gut«, sagte er, als er in die Küche kam.

Sarah saß am Tisch und knetete Tomaten, so dass der Saft über die Decke lief.

»Ist das ein neues Rezept?«, fragte Guntram und zeigte mit geschürzten Lippen auf den Tisch.

»Ach was«, lachte Katrin, »lass sie nur. Diese Tomaten waren für das Essen nicht mehr geeignet. Aber als Knetmasse durchaus tauglich.« Sie kam auf ihn zu und küsste ihn auf den Mund. »Und? Habt ihr alles erledigt, du und Tina?«, fragte sie dann.

»Ja. Alles soweit klar. Tina hat das erste Verhör schon getippt.«

»Na, das ist doch gut. Wollte sie nicht mit zum Essen kommen?«

»Ich wusste nicht, dass es hier etwas zu essen gibt«, entgegnete er.

»He, das nehme ich jetzt persönlich«, sagte Katrin und zog eine Schnute. »Es ist gleich soweit. Der Auflauf im Ofen braucht noch zehn Minuten. Du könntest dich noch etwas frisch machen.«

»Ja, mach ich«, sagte Guntram und zog ab.

Im Badezimmer stieg er dann noch schnell unter die Dusche. Er musste diesen Tag irgendwie abwaschen. Danach fühlte er sich besser. Er zog seinen grauen Jogginganzug über und ging wieder nach unten.

Der Tisch war bereits gedeckt und eine Kerze brannte.

Sarah saß am Tisch und hielt schon ihren Löffel hoch.

»Huuuunger«, sagte sie.

»Ja, den hab ich auch«, sagte Guntram und gab ihr einen Kuss auf die Stirn. Dann setzte er sich, weil Katrin bereits alles fertig hingestellt hatte.

Es stand auch Wein auf dem Tisch und sie stießen an.

»Lass uns heute nicht über die Arbeit sprechen«, sagte Katrin, »Okay?«

»Ich hab nichts gesagt«, entgegnete er und langte ordentlich zu.

Er räumte anschließend den Tisch ab, während Katrin Sarah fürs Bett fertigmachte.

Mit der Rotweinflasche und zwei Gläsern wartete er dann auf sie im Wohnzimmer. Okay, sie wollte nicht über die Arbeit reden. Aber alles andere war kein Tabu.

»Sie schläft sicher gleich«, sagte Katrin, als sie zurückkam und sich neben ihn aufs Sofa setzte.

»Auf das schöne Essen«, sagte Guntram und sie stießen wieder an.

Im Fernsehen lief eine Dokumentation über die Toskana.

»Warst du schon mal dort?«, fragte Katrin.

»Ich?«, erwiderte er, als hätte sie ihn gefragt, ob er bei der ersten Mondlandung dabei gewesen wäre.

»Ne, schon klar. Ich übrigens auch nicht. Aber es wäre doch schön, wenn wir drei, du und ich mit Sarah, in diesem Sommer einfach mal wegfahren würden, was meinst du?«

»Hm. Sicher keine schlechte Idee«, entgegnete er und sah sich bereits im Wohnmobil über die Autobahn fahren.

»Finde ich auch. Wir müssen einfach öfter mal raus. Es geht immer nur um die Arbeit.«

»He, du warst es, die nicht darüber reden wollte ...«

»Stimmt«, sagte sie und kicherte.

Sie sahen eine Weile zum Fernseher, während er den Arm um sie gelegt hatte. Beide hatten die Füße auf den Tisch gelegt. Sie fühlten sich wohl. Als der Bericht zu Ende war, schaltete Guntram den Fernseher aus.

»Wann?«, sagte er leise.

»Wie?«

»Wann wolltest du es mir sagen?«

»Sagen? Was?«

»Ich war heute in der Praxis von dem Peters«, sagte Guntram, der jetzt endlich reinen Tisch maschen wollte.

»Ach so, das ...«.

»Wieso hast du mich angelogen, Katrin? Hast du so wenig Vertrauen zu mir?« Seine Stimme klang traurig.

»Aber nein«, sagte sie schnell und drehte sich zu ihm hin und nahm die Füße vom Tisch. »Das ist es nicht. Ich vertraue dir und ich liebe dich.«

»Und wieso konntest du dann nicht mit mir reden? Bin ich etwa ein Unmensch?«

»Nein, das bist du ganz und gar nicht. Wer hat dir gesagt, dass ich dort in der Praxis war?«, fragte Katrin jetzt.

»Niemand. Ich habe zufällig einen Blick in den Terminkalender werfen können und da hab ich deinen Namen gesehen.«

»Verstehe. Alter Schnüffler.« Sie stieß ihn am Arm.

»Hätte ich es sonst nie erfahren?«, fragte er und sah sie offen an.

Katrin erwiderte seinen Blick. »Ich weiß es nicht«, sagte sie ehrlich, »es ist nicht so leicht, über seine eigenen Probleme zu sprechen. Das solltest du am besten wissen.«

»Aber mit diesem Quacksalber konntest du schon sprechen.« Guntram klang beleidigt.

»So einfach war das auch nicht. Aber ich musste etwas unternehmen. Ich hatte in den letzten Monaten das Gefühl, langsam verrückt zu werden. Dir brauche ich ja nicht zu erzählen, dass ich zeitweise unausstehlich und ungerecht war.«

»Nein, weiß Gott nicht ...«, sagte er und stieß sie ebenfalls leicht am Arm. »Katrin, ganz im Ernst«, fuhr er dann fort, »wenn etwas ist, dann musst du mit mir sprechen. Ich bin immer für dich da, das weißt du doch.«

»Natürlich weiß ich das«, sagte sie und lehnte sich ganz dicht an ihn. »Und dafür werde ich dir immer dankbar sein.«

Sie erzählte ihm dann von ihren dunklen Gedanken, die sie gegenüber Sarah entwickelt hatte. Dass sie immer mehr dem Mann glich, der sie so sehr verletzt hatte.

»Es war ein Verbrechen«, sagte Guntram, »niemand wird es dir übelnehmen, dass du schwer damit umgehen kannst. Aber du musst lernen, Sarah als eigenen Menschen zu sehen. Sie ist nicht er. Und schon lange ist sie nicht wie er, verstehst du?«

»Natürlich verstehe ich das«, sagte Katrin, »es geht ja auch nicht nur um sie. Ich glaube, ich habe diese Vergewaltigung nie wirklich verarbeiten können, weil ich mich immer um Sarah gesorgt habe.«

»Das kann sein. Du solltest langsam mal an dich denken, Katrin.«

»Das sagt sich so leicht ...«.

»Ich weiß. Aber sag mal, warum fährst du nicht einfach mal in die Toskana. So ein Urlaub nur für dich, verstehst du?«

»Ich? Alleine ohne euch?«, fragte Katrin ungläubig.

»Aber natürlich. Es gibt doch diese Reisen für frustrierte Frauen oder so.«

»Also wirklich ...«, sagte sie, weil sie merkte, dass er sie veräppelte.

»Nein, das war nur Spaß. Aber es gibt diese Wellnessreisen, vielleicht wäre das was für dich. Es gibt sie übrigens auch mit einem begleitenden Gesprächsangebot, so eine Art Therapie für die Seele.«

»Sag mal, woher weißt du das alles?«, fragte Katrin jetzt erstaunt, »liest du neuerdings Frauenzeitschriften?«

»Nein, das nicht. Aber ich habe vorhin in der Dienststelle danach gegoogelt. Wirklich, ich denke, du brauchst mal eine Auszeit. Und komm jetzt nicht mit Sarah, ich kümmere mich schon um die Kleine. Und

Whisky und Tina, auch Gott ja, und Frau Haubrich sind ja auch noch da.«

Der Abend endete mit einer wunderbaren Nacht, wo Katrin in seinen Armen lag und er immer wieder zu ihr rüber sah. Er war so glücklich, dass jetzt alles wieder in Ordnung kam. Er hatte das Liebste, was er besaß zurück. Alles andere konnte warten.

ENDE

Mein Brief an Sie,
liebe Leserin und lieber Leser,

Ja, nach einem Jahr Pause wurde es mal wieder Zeit für einen Krimi mit Kommissar Guntram und Katrin. Wobei, wenn Sie den Crossover-Weihnachtskrimi „Stille Nacht – Totenstill“ gelesen haben, dann haben Sie ja schon vorher etwas von ihm gehört.

Es ist so eine Sache mit Guntram, viele meiner Leserinnen und Leser halten ihn ja für einen alten Brummbären. Was denken Sie? Ich selber denke, er ist der nette Kerl, mit dem jeder gerne befreundet wäre. Bodenständig, ehrlich und treu. Wenn er sich einmal einem Menschen verschrieben hat, dann geht er buchstäblich für ihn durchs Feuer. Wünschen wir uns nicht alle solche Menschen um uns herum? Vielleicht ist das sein Geheimnis, warum wir immer wieder an ihn denken. Ich, wenn ich meine nächsten Krimis plane und Sie, wenn Sie sich auf den nächsten Krimi freuen.

Ich freue mich immer auf Ihr Feedback, sei es per Mail oder auch als Kommentar zum Buch auf Amazon.

Ihre Moa Graven

Zur Autorin

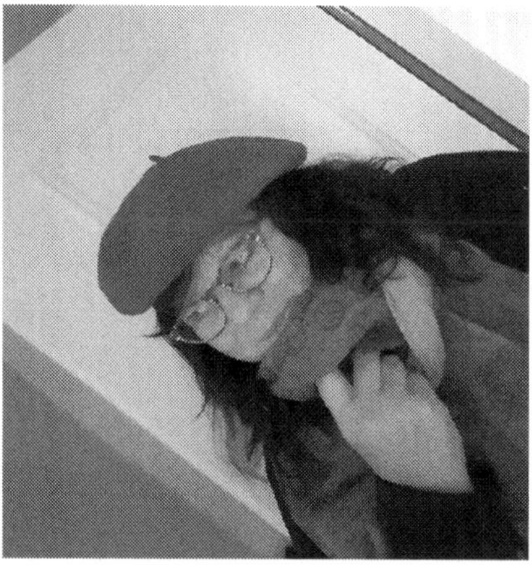

Moa Graven: »Ich habe erst mit fünfzig meine Leidenschaft für das subtile Verbrechen entdeckt.«

Moa Graven ist Ostfriesin und liebt die Teestunden in ihrem Holzhaus in Marienheil, wo sie mit ihrem Mann und zwei Hunden lebt. Durch Umwege über den Journalismus kam die passionierte Krimileserin selber zum Schreiben. Das war im Jahr 2013. Mittlerweile lebt die Autorin von mehreren Krimi-Reihen davon.

2017 eröffnete sie ein Krimi-Haus in Rhauderfehn, wo man sie auch besuchen kann.

Mehr zur Autorin hier: w w w . moa–graven . de

Die Krimi-Reihen von Moa Graven im Überblick

Die Kommissar Guntram Krimi-Reihe in Leer

Mörderischer Kaufrausch - Band 01
Mord im Gebüsch - Band 02
Mordsgeschäfte - Band 03
Das Meer schweigt ... - Band 04
Märchenhafte Morde - Band 05
Hinter verschlossenen Türen - Band 06
Teezeit - Band 07
Wer erschoss den Weihnachtsmann? - Band 08
Hannah – Vergessene Gräber - Band 09
297 Tage - Band 10
Tod einer Prinzessin - Band 11
Die im Dunkeln bleiben - Band 12
Taxi in den Tod - Band 13

Kommissar Guntram ist ein Ermittler Anfang 50 mit den typischen Sorgen eines Mannes in der Midlife-Crisis. Er ist lange verheiratet, hat zwei fast erwachsene Kinder und wohnt in einem Einfamilienhaus in Logabirum.

Der Alltag macht ihm zu schaffen. Zuhause fühlt er sich überflüssig und im Job nicht mehr ausgelastet. Außerdem spukt ihm seine Kollegin Katrin Birgner mehr als gut für ihn ist, durch den Kopf. Doch es ist nur Freundschaft, jedenfalls von ihrer Seite aus.

Typisch Mann greift er immer öfter zum Whisky und seine Hauptnahrung besteht aus Chips und anderen ungesunden Sachen.

Im Laufe der Krimi-Reihe ereignen sich auch in seinem Privatleben viele ungeahnte Katastrophen, möchte man sagen. Und bald ist er auch einem Zusammenbruch näher als er selber zugeben mag.

Eva Sturm auf Langeoog

Verliebt … Verlobt … Verdächtig *- Band 01*
Justitias Schwäche *- Band 02*
Bitterer Todesengel *- Band 03*
Blaues Blut *- Band 04*
Stille Angst *- Band 05 (Overcross-Special mit den drei ostfriesischen Ermittlerteams von Moa Graven)*
Schiffbruch *- Band 06*
Auf dich wartet der Tod *- Band 07*
7 Tage Regen *– Band 08*
Wenn es Abend wird, mein Schatz … *– Band 09*
Stirb leise … *– Band 10*
Der letzte Tanz *– Band 11*
Und alle haben geschwiegen *– Band 12*
Niemand wird dir vergeben *– Band 13*
Gebrochenes Herz *– Band 14*
Mord in Zimmer 11 *– Band 15*

Eva Sturm ist bereits Ende vierzig, als sie von Braunschweig von ihrem Chef nach Langeoog versetzt wird. Sie selber fühlt sich abgeschoben und weiß nicht so recht, was sie auf so einer kleinen Insel machen soll. Sie ist ledig, war auch noch nie verheiratet, hat keine Kinder und lebt eher für sich und freundet sich nur mit Jürgen von der

Touristinfo an, weil dieser nicht locker lässt. Er hat vom ersten Tag an ein Auge auf sie geworfen. Doch Eva hat noch andere Sorgen. Sie plagen die Geister der Vergangenheit. Sie wurde als ganz kleines Kind von ihrer Mutter in ein Heim gegeben und wuchs dann in Pflegefamilien und Heimen auf. Das hat sie geprägt. Deshalb findet sie nur schlecht Vertrauen zu anderen. Ihre Fälle löst sie auf ihre ganz eigene Art. Ziemlich unkonventionell und überhaupt nicht nach Polizeilehrbuch! Und auch Jürgen ist dabei immer an ihrer Seite.

Im Laufe der Krimi-Reihe erfahren Sie mehr über das Privatleben und es ändert sich einiges. Doch mehr möchte ich an dieser Stelle natürlich nicht verraten.

Die Profiler Jan Krömer Krimi-Reihe in Aurich

KillerFEE – Band 01
Todesspiel am Großen Meer – Band 02
Kneipenkinder – Band 03
Fallensteller - Band 04
Flächenbrand – Band 05
Blindgänger – Band 06
Fremder - Band 07
Die Puppenstube - Band 08
H.E.A.T.H.E.R – *Band 09*
Lautlos - Band 10
Stille Nacht - Totenstill - Band 11
Tattoo - Band 12 (2019)

Jan Krömer kommt als junger Ermittler aus der Großstadt auf die Insel Norderney zu einem Sondereinsatz, weil ein Serienkiller dort sein Unwesen treibt. Nach diesem Fall bleibt er in Ostfriesland und arbeitet in Aurich, wo er schließlich auch die vorübergehende Leitung übernimmt, weil sein Chef aus gesundheitlichen Gründen geht. Er macht eine Ausbildung zum Profiler und jagt in seinen Fällen fortan gemeinsam mit Lisa Berthold Serienkiller.

Jan Krömer ist Mitte dreißig und ein sehr feinsinniger Typ. Er nimmt bei seinen Fällen eher Witterung auf, als dass er wie ein Ermittler nach gewissen Vorgaben vorgeht. Das macht ihn als Ermittler sehr spannend, auch für die Frauenwelt. Nach zwei heftigen und dann gescheiterten Beziehungen lebt er allerdings dann schließlich zurückgezogen auf einem alten Hof in Tannenhausen. Er holt sich einen Hund aus dem Tierheim. Mit seiner Kollegin Lisa Berthold, etwas jünger als Ja, versteht er sich auch privat sehr gut, doch an eine Beziehung denken beide nicht. Nach einem dramatischen Fall sucht Lisa sogar Zuflucht bei Jan auf seinem Hof. Bei gemeinsamen Abenden können die beiden gut miteinander schweigen, denn die Fälle, die immer brutaler werden, fordern ihre ganze Kraft im Alltag.

Der Adler – Joachim Stein Krimi-Reihe in Friesland

Der Adler – LaLeLu ... und tot bist du - Band 01
Der Adler - KALT - Band 02
Der Adler - NEBEL - Band 03
Der Adler - Lebenslänglich - Band 04
Der Adler – Der Nachbar – *Band 05*
Der Adler – Irreparabel - Band 06
Der Adler – Ohne Sünde sein ... - Band 07
Der Adler – Eiskind - Band 08

Joachim Stein hatte eine glänzende Karriere als Polizeipsychologe in Frankfurt. Bis er eines Tages einmal zuviel über die Strenge schlug. So jedenfalls sah es sein Chef. Er legte ihm nahe, sich vorzeitig in Pension zu begeben.

Für Joachim Stein, den alle wegen seines scharfen Verstandes nur „Der Adler“ nennen, ist es Zeit, sein Leben neu zu ordnen. Um Abstand und endlich Ruhe zu finden, flüchtet er sich in eine alte Mühle in Horumersiel in Friesland. Völlig zurückgezogen lebt er dort und geht nur nachts vor die Tür. Er hat mit den Menschen abgeschlossen.

Doch dann wittert der Journalist Hauke Flessner eine interessante Story für die Zeitung in Friesland, für die er arbeitet. Der Adler lehnt natürlich ab. Doch dann will es der Zufall, dass seine frühere junge Kollegin Mona Lu bei der Polizei in Friesland arbeitet.

Von da an lösen die Drei gemeinsam Mordfälle in Friesland.

Sand und Meer – Kriminalromane Ostfriesland
Das Leben von Erik

Unter dem Sand - Band 01
Das leere Haus - Band 02

Bei dieser Reihe handelt es sich um eine als Trilogie angelegte tragische Geschichte um Erik. Einen jungen Mann, der in Band 1 durch Tagebücher seiner verstorbenen Mutter mehr über sich erfährt. Dinge, die ihm nicht immer guttun, und am Ende ist auch Mord im Spiel.

Alle Bücher sind als Taschenbuch oder eBook erhältlich!

Soko Norddeich 117

Wetterleuchten und ein Todesfall - Band 01
Knietief im nächsten Mordfall - Band 02
Omas Neugier und ein Mord im Hühnerstall - Band 03

Sie sind anders als die anderen. Und genau das schweißt sie am Ende zusammen. In der Soko Norddeich 117 lernen wir Thekla, Agneta, Okko, Siggi und Herbert kennen. Sie alle teilen das Schicksal, dass man sie aus dem normalen Polizeialltag einfach aussortiert hat. Sie sitzen in einem Büro in Norddeich an zwei Schreibtischen mit fünf Telefonen, die nie klingeln. Und in der Ecke wartet ein PC darauf, dass er angeschlossen wird. Die Männer spielen Skat, um sich die Zeit zu vertreiben, während Agneta und Thekla sich um ihre Gesundheit sorgen.

Im Grunde könnte es so weitergehen, wenn da nicht durch die Beobachtung einer aufmerksamen Mitbürgerin der erste Fall ins Haus schneit. Die Fünf ermitteln auf eigene Faust und beweisen, dass sie noch nicht zum alten Eisen gehören.

Die Anwältin

Düsterland - Band 01
Finsterwelt - Band 02 (2019)

Paula Fenders ist durch den Verlust ihres Sohnes eine Frau mit gebrochenem Herzen. Ihre Ehe zerbricht, ihre Karriere als Anwältin wird plötzlich bedeutungslos.

Sie zieht sich zurück, leidet und lebt schließlich mit fünf Katzen zurückgezogen in einem alten Haus, das sie durch Zufall entdeckt. Der ideale Ort, um der Welt den Rücken zu kehren.

Sie arbeitet anonym auf einer Online-Seite als Anwältin und berät Klienten in Rechtsfragen.

Ostfriesenklinik

Götter in Weiß – Auftakt zur Krimi-Serie
Götter in Weiß – Folge 2
Götter in Weiß – Folge 3
Götter in Weiß – Folge 4
Götter in Weiß – Staffel 2 - Folge 1 (2019)

In der Ostfriesenklinik in Harlesiel ticken die Uhren anders. Das bekommt auch Dr. Juliane Fuchs zu spüren, die sich in Hannover als Ärztin einfach zu viel geleistet hat und jetzt in Ostfriesland ihre letzte Chance bekommt, bevor sie ihre Zulassung verliert. Schon gleich zu Beginn ist ihr die Sache suspekt, denn die Ärzte in Ostfriesland scheinen ein Geheimnis zu hüten. Zudem ist ihre Vorgängerin Dr. Johanna Sänger von einem Tag auf den anderen verschwunden. Und Kopfzerbrechen macht ihr auch eine Patientin, die in ein künstliches Koma versetzt wurde, was nach Julianes Meinung völlig unsinnig ist. Sie versucht, hinter das Geheimnis der Ostfriesenklinik zu kommen und begibt sich damit in höchste Gefahr in einem Netz aus Lügen, Sex und Mord.

Vielen Dank für Ihr Interesse an meinen Krimis!

Besuchen Sie mich auch gerne in meinem Krimi-Haus Ostfriesland in Rhauderfehn, wo Sie die Taschenbücher auch erwerben können. Ich freue mich auf Sie!

w w w. moa-graven .de

36015025R00148

Printed in Poland
by Amazon Fulfillment
Poland Sp. z o.o., Wrocław